# 新編 土左日記 増補版

『土左日記』は、紀貫之(八七一?〜九四六?)が任国を船出し呻吟の末帰京するまでを、女性の視点に仮託して綴ったわが国初の仮名による日記文学。次代の女流文学を領導する先駆となった貫之唯一の散文作品。

本書の特色は、従来『源氏物語』等で実践されてきた言説分析の成果に基づき、本文の分析(地の文・内話文・会話文・草子地・移り詞・自由間接言説・自由直接言説等)と注解を行っていることにあり、解説部分を英訳することで国外にも視野を開いた。

東原伸明 Higashihara Nobuaki
ローレン・ウォーラー Loren Waller
【編】

# The *Tosa Diary*,

written from the point of view of a woman by Ki no Tsurayuki (871?−946?) about the trip back to the capital after his term as governor of Tosa, is the first work in *kana* in the genre of diary literature in Japan. The forerunner of the women's literature that would dominate the next era, the diary is Tsurayuki's only work of prose fiction. This study draws from the groundwork of discourse analysis previously applied to The *Tale of Genji* to provide analysis and annotations of the text, while providing an English translation of the commentary, widening its perspective to a global audience.

武蔵野書院

# 新編　土左日記　目　次

# 目次

# 凡例

一、本書は、今日公開されているものとしては最善本とされる青谿書屋本（東海大学付属図書館桃園文庫蔵）を底本としている。

一、本文を作定するにあたって底本（青谿書屋本）の本文を、次の諸本により校訂した。略号は次のとおりである。

定　藤原定家筆本　　日　日本大学図書館本　　宮　宮内庁書陵部本
近　近衛家本　　三　三条西家本

一、校訂箇所は、本文に＊（アステリスク）を付して脚注に示した。見出しには本書の本文を掲げ、その下に底本の本文を記したのち、諸本との校異を示した。
また、読解の便に配慮し、次のような措置を講じた。

(1)　底本の「仮名」には適宜漢字を宛てているが、「ルビ」を施すことで底本の表記を辿れるよう努めた。また、底本の「漢字」箇所は明朝体の太字で表記し、校注者が「ルビ」を施した場合は（　）で括り区別をした。また、歴史的仮名遣いと異なる箇所も（　）で括って傍記し、底本の表記を本文に残した。

(2)　「ゝ」「〱」等の底本の反復記号は、読者の便を鑑み「々」を宛てたり「仮名表記」に直したりしているが、いずれも底本の表記が辿れるよう「ルビ」を施した。

(3) 会話文には「　」を、内話文（心中思惟、心内語）と思われる箇所には〈　〉を施すことで、校注者の言説に対する解釈を示した。特に「船君なる人」（42頁）の独白箇所、「自由直接言説」の部分を、ゴチック体の太字で表記した（補注参照）。

一、脚注に引用した注釈書、研究書、論文は次の略号で示した。

新大系＝岩波新日本古典文学大系（長谷川政春）　集成＝新潮日本古典集成（木村正中）
新全集＝小学館新編日本古典文学全集（菊地靖彦）　全注釈＝角川土佐日記全注釈（萩谷朴）
村瀬敏夫＝日本文学コレクション　臼田甚五郎＝学生の為の土佐日記の鑑賞
大岡信＝紀貫之日本詩人選　竹村義一＝土佐日記の地理的研究　土佐国篇
渡辺秀夫＝土佐日記に於ける和歌の位相

一、脚注に収まらない注解・考証等は、補注に一括して示した。

一、典拠となる和歌は、新編国歌大観の歌番号に拠った（新をゴチック体、旧を明朝体）。また、日記本文に所収の和歌・歌謡にはアラビア数字で通し番号を付した。

一、本文の校訂、脚注、補注、解説は東原伸明、英訳はローレン・ウォーラー、参考文献は近藤さやかが担当した。

一、増補版において、参考文献を一部修正するとともに、大幅に増補した。

# 解説　『土左日記』、語る主体の分裂・散文の方法と言説分析

東原伸明

## （Ⅰ）「ある人」、「船君」・三人称の呼称の意味＝分裂・矛盾する貫之という方法

『土左日記』は国守の任期を終えた紀貫之（八七一？～九四六？）が、承平四年（九三五）の十二月二十一日、任国を旅立ち、翌年二月二十六日都の自宅に帰り着くまでの旅の記録を基に、帰京後ほどなく執筆されたものだとされている。冬の天候に悩まされつつ、ある時は任国で亡くした愛児を偲び、またある時は海賊の噂に脅えながら船旅を続け、その五十五日間、一日も欠かすことなく漢文日記の日次《ひなみ》の形式に則って書き綴っているが、それは「具注暦《ぐちゅうれき》」などに書き留められたメモが基になっていたのではないかという考証もなされている。仮名を用いて書き、後の女流の日記文学の嚆矢となる作品である。

このように『土左日記』の概要を綴ってみると、あらまし前記のようになるのではないか。ところが、当該日記の原文と対照してみた時、読者はこうした梗概的な記述に対し、読後の印象において大いに違和感を覚えるのではないだろうか。

ある人《ひと》、県《あがた》の四年五年《よとせいつとせ》果《は》てて、例《れい》の事ども皆《みな》し終《を》へて、……（22頁）

と『土左日記』の始まりの部分から読み出してみると、まず始発地が「とさ」とは記されていないし、どのページを探してみても、「紀貫之」という名前の人物は登場してこない。前国守である「紀貫之」に相当する人物は、「ある人」という三人称の匿名の人物呼称で称呼されていて、「紀貫之」を名乗る実名では登場してこないのである。

しかもこの「ある人」という呼称は、『土左日記』の用例に当たってみると歌壇の重鎮であった人物を朧化しているだけではなくて、「紀貫之」とはまったく正反対の性格の人物、驚くほど和歌が下手な人物にも、同様に「ある人」という呼称が用いられているのである。だから、「紀貫之」を指示する「ある人」と、そうではない「ある人」との区別がつかない。したがって「ある人」という呼称は、特定の統一的な人物の映像《イメージ》を、読者に結ばせない機能を有しているといえる。書き手の自己を韜晦する姿勢が徹底して方法化されているといえるだろう。たしかに『土左日記』の本当の書き手は、紀貫之という男性の歌人なのだろうが、当該『土左日記』は、

　男《をとこ》もすなる「日記」といふものを、〈女《をむな》もしてみむ〉とてするなり。(22頁)

と、書き手の性が「女」であることを宣言している。いわゆる「女性仮託」である。その「女」の立場の書き手＝語り手に、前国守の行動を「ある人」と三人称で語らせ、作中では紀貫之自身が自己を「我」という一人称で語ることはない。漢文日記の日次の形式に則っているにも関わらず、

　某《それ》の年《とし》の十二月《しはす》の二十日《はつか》あまり一日《ひとひ》の日《ひ》の戌《いぬ》の刻《とき》に、門出《かどで》す。その由《よし》、些《いささ》かにものに書《か》きつく。(22頁)

「某《それ》の年《とし》」と語る。むろん、承平四年に比定されるのだが、当該日記は「承平四年」という歴史的な年代、実年を語ることはせずに、「某《それ》の年《とし》」と韜晦している。『土左日記』は「紀貫之」という実名を忌避し、「承平四年」という実年を忌避しているのだ。

　ところで、「紀貫之」を想起させる前国守は、「ある人」のほかに、「翁」「船の長しける翁」「船君」等というやはり三人称の呼称で称呼されており、その場合には、より書き手の韜晦する姿勢が強固明瞭であるといえるだろう。

　紀貫之は延喜五年(九〇五)、撰者の筆頭として『古今和歌集』の撰進を終えている。それから二十五年の後、延長八年(九三〇)土佐守に任じられている。この時、貫之は自他ともに許す歌壇の重鎮であっただろう。そうでなければ、たとえば、一月七日の「破籠《わりご》持たせて来《き》たる人《ひと》」の挿話などは成り立たないだろう。

そもそも土地の歌詠みの男の表敬は、都の歌壇の重鎮である前国守に、自己の和歌に関するお墨付きをもらうということが目的であったはずだからである。

今日《けふ》、破籠《わりご》持たせて来《き》たる人《ひと》、その名《な》などぞや、今思《いまおも》ひ出《い》でむ。この人《ひと》、〈歌詠《うたよ》まむ〉と思《おも》ふ心《こゝろ》ありてなりけり。とかく言《い》ひ〳〵て、「波《なみ》の立《た》つなること」と憂《うる》へ言《い》ひて、詠《よ》める歌《うた》、

行《ゆ》く先《さき》に立《た》つ白波《しらなみ》の声《こゑ》よりも遅《おく》れて泣《な》かむ我《われ》や勝《まさ》らむ

とぞ詠《よ》める。いと大声《おほごゑ》なるべし。持《も》て来《き》たる物《もの》よりは、歌《うた》は如何《いかゞ》あらむ。この歌《うた》を、此《こ》れ彼《か》れあはれがれども、一人《ひとり》も返《かへ》しせず。しつべき人《ひと》も交《まじ》れれど、これをのみ甚《いた》がり、物《もの》をのみ食《く》ひて、夜更《よふ》けぬ。（29頁）

「しつべき人《ひと》」は、当然、紀貫之を想起させる前国守であり、彼が和歌の権威者《オーソリティ》でなければこの挿話は意味を成さないのである。

ところが『土左日記』は、前掲の挿話とはまったく正反対に、彼に和歌の下手な無骨者としての人物造型をしているのである。

七日《（なぬか）》。今日《けふ》、河尻《かはじり》に船入《ふねい》り立《た》ちて、漕《こ》ぎ上《のぼ》るに、川《かは》の水乾《みづひ》て、悩《なや》み煩《わづら》ふ。船《ふね》の上《ぼ》ること、いと難《かた》し。かかる間《あひだ》に、船君《ふなぎみ》の病者《（ばうざ）》、本よりこち〴〵しき人《ひと》にて、かうやうの事《こと》、さらに知《し》らざりけり。かかれども、淡路専女《あはぢたうめ》の歌《うた》に賞《め》でて、都誇《みやこほこ》りにもやあらむ、辛《から》くして、奇《あや》しき歌捻《うたひね》り出《い》だせり。その歌《うた》は、

来《き》と来《き》ては川上《かはのぼ》り路《ぢ》の水《みづ》を浅《あさ》み船《ふね》もわが身《み》もなづむ今日《けふ》かな

これは、病《やまひ》をすれば詠《よ》めるなるべし。一歌《ひとうた》にことの飽《あ》かねば、今一《いまひと》つ、

疾《と》くと思《おも》ふ船悩《ふねなや》ますは我《わ》が為《ため》に水《みづ》の心《こゝろ》の浅《あさ》きなりけり

この歌《うた》は、都近《みやこちか》くなりぬる喜《よろこ》びに堪《た》へずして、言《い》へるなるべし。「淡路《あはぢ》の御《ご》の歌《うた》に劣《おと》れり。嫉《ねた》き。言《い》はざらましものを」と、悔《く》やしがるうちに、夜《よる》になりて、寝《ね》にけり。（54〜55頁）

「船君の病者」は、前国守の紀貫之である。作中では、本来無骨者で和歌を詠むなどという事は、まった

く知らなかったと語って（→騙って）いる。苦労して奇妙な歌をまさに捻り出しており、「淡路の御」などという得体の知れない素人の歌詠みの和歌に、嫉妬をしている。都の歌壇の権威者、紀貫之の人物像には相反する、さかしまな「カーニバル」的な風景が、ここには現象しているのである。

このように『土左日記』は、作中に紀貫之を想起させる人物を登場させていたが、それは歌の上手であると共に歌の下手であった。まったく正反対の性格として、矛盾し分裂している。これは『土左日記』の書き手が、『土左日記』を通じて編み出した散文の方法なのではないかと思う。

さて本来ならばここで、貫之の来歴を概略しながら、前掲「ある人」「船君」等の三人称人物呼称を用いた散文の方法に関して、彼の屏風歌作家としての素養に基づくものであることを論ずべきだろうが、本稿にはそれを展開するだけのゆとりがない。神田龍身「『貫之集』—はじめに屏風歌あり」『紀貫之』（ミネルヴァ日本評伝選、二〇〇九年）等を参照されたい。

## （Ⅱ）虚構の書き手（→語り手）の設定と「省略の草子地」、対読者意識

男《をとこ》もすなる「日記」といふものを、〈女《をむな》もしてみむ〉とてするなり。（22頁）

『土左日記』は「日記」という虚構世界の内側に、本当の書き手である紀貫之とは別に、「前国守」の身辺に伺候している女性を書き手として設定している。この人物に主人公の動静を、例えば「ある人《ひと》」とか、「船君《ふなぎみ》」とかいう三人称的な人物呼称をもって語らせるという手法をとっている。後継の作品である『蜻蛉日記』、『紫式部日記』、『更級日記』等いわゆる王朝女流の日記文学が、結局、語り手＝書き手である自己を主人公とした「一人称の叙述」であるのに対して、「日記文学」というジャンルの嚆矢であるはずの『土左日記』は、しかし語る主体が「女」であることによって、自己を主人公とはせずに、あくまでも男性主人公を三人称の視線から語る存在に留まっているという事実である。この違いは、看過できないものであるだろう。

もっともこの方法は、書き手＝語り手が女性であるにも拘わらず、不用意に「漢詩」、「漢語」の知識を披瀝してしまうなど徹底さを欠いていることから、失敗の誹りを免れないのだが、私見では、期せずして男性の備忘録たる「日記」の特性を、むしろ相対化してしまう「日記文学」の言説を生成し得たといえるだろう。それは、『源氏物語』でいうところの「省略の草子地」、その先取りであり、その創生ともいうべきことである。

廿六日。なほ、守《かみ》の舘《たち》にて、饗応《あるじ》し罵《のゝし》りて、郎等《(らうどう)》までに物被《ものかづ》けたり。漢詩《からうた》、声《こゑ》あげて言《い》ひけり。和歌《やまとうた》、主人《あるじ》も客人《まらうど》も、他人《ことひと》も言《い》ひ合《あ》へりけり。漢詩《からうた》は、これにえ書《か》かず。　（23頁）

とか、あるいは、

……和歌《やまとうた》、主人《あるじ》の守《かみ》の詠《よ》めりける、
　都《みやこ》出《い》でて君《きみ》に逢《あ》はむと来《こ》しものを来《こ》しかひもなく別《わか》れぬるかな
となむありければ、帰《かへ》る前《さき》の守《かみ》の詠《よ》めりける、
　白栲《しろたへ》の波路《なみぢ》を遠《とほ》く行《ゆ》き交《か》ひて我《われ》に似《に》べきは誰《たれ》ならなくに
他人々《ことひとびと》のもありけれど、さかしきもなかるべし。　（23〜24頁）

また、

……船子《ふなこ》、楫取《かぢとり》は船唄《ふなうた》歌《うた》ひて、何《なに》とも思《おも》へらず。その歌《うた》ふ唄《うた》は、
　春《はる》の野《の》にてぞ音《ね》をば泣《な》く、若薄《わかすゝき》に手《て》切《き》る切る、摘《つ》んだる菜《な》を、親《おや》やまぼるらむ、姑《しうとめ》や食《く》ふらむ。

　帰《かへ》らや。

　昨夜《よんべ》の髫《うなゐ》もがな、銭乞《ぜにこ》はむ、虚言《そらごと》をして、賖《おぎの》り業《わざ》をして、銭《ぜに》も持て来《こ》ず、己《おのれ》だに来《こ》ず。

これならず多《おほ》かれども、書《か》かず。　（32〜33頁）

「自分は女だから書かない（書けない）」、「ほかの人々の歌もあったが、上手い歌もなかったので書かない」、「このほかにもあったが、煩雑だから書かない」等々の理由をつけて、書かない＝省略してしまう。

こんなことは男性の「日記」においては、まったく考えられないことである。特に下級の官人の立場での記録であってみれば、最大漏らさず記すことこそ意味があっただろう。それに対して、エンターテーメントとして、読み物としての女性の「日記文学」は、読者を想定しており、読んでつまらないものは書かない、だから、省略をしてしまうという理屈が発生したのであろうと思う。

## （Ⅲ）作者と題名表記、作品の帰属ジャンル意識

『土左日記』の作者が紀貫之だというのは、実は自明のことではないのである。しかし、『土左日記』の作者が紀貫之であることを客体的に指示する外部資料がないわけではない。

前田家本の『恵慶法師集』一九二番歌（『新編国歌大観』第三巻）には、

　つらゆきがとさの日記を、ゐにかけるを、いつとせすぐしける、家のあれたる心を
　くらべこしなみぢもかくはあらざりきよもぎのはらとなれるわがやど

等の記述を確認することができる。これが紀貫之作者説を裏付ける最も古い資料である。恵慶法師は、生没年不詳ではあるが十世紀後半に足跡が確認できる歌人である。また、この恵慶法師と貫之の子息、時文《ときぶみ》は交流があったようである（『恵慶法師集』の詞書）。その時文《ときぶみ》が撰者である『後撰和歌集』の羈旅歌に、『土左日記』の「ある人」の歌二首が貫之作として掲載されている。これなども、貫之作者説の傍証になるだろう。

ところで「とさにっき」は、ふつう『土佐日記』という題名の表記を用いるのが一般的である。だが、本書は『土左日記』という題名表記の立場に立っている。

この『土左日記』という「とさ」の「さ」の字に関して、偏、「にんべん」の無い「左」の字を用いる理由は、現存する伝本がすべて『土左日記』という表記であり、『土佐日記』という表記ではないという理由によるものである。

藤原定家自筆本の奥書には、次のように記されていた。

有外題　土左日記貫之筆

この「外題」を果たして紀貫之が書いたものかどうかは、不明である。またこの「土左」という題名に紀貫之の意図が果たして反映しているかどうかも、実は定かではない。この「土左」という国名の表記は、『古事記』等に見られる一時代古いもので、平安時代において、紀貫之が土佐の守として赴任していた頃は、「土佐」と表記するのが一般的であって、「土左」という表記は、かなり特殊であっただろうと思われる。

本書の立場は、書き手である紀貫之が、歴史地理的な実在の地名「土佐」とは異なる、「土左」という表記をとることにより意図的に、歴史地理、歴史的事実とは一定の距離をとろうとしたものと理解したい。そうであるのならば、これは『土左日記』の「虚構」というものに対する、一つの方法であると言えるのではないだろうか。

このように文学作品でありながらその書き手が判然としないというのは、『土左日記』の属する文学のジャンル、散文文学に共通してあてはまる特徴であり、それは「著作権」という作物そのものの所有に対する意識・認識の希薄さによるのではないか。

より上意の文学ジャンルである韻文文学、たとえば「和歌」は、たとえ誰が作った和歌なのか不明の場合であっても、「よみ人しらず」という具合に、個々の歌がそれぞれに著作権を主張している。

和歌は、『古今和歌集』を始めとして勅撰集が編まれているように、「公《おおやけ》の文学」、「晴《はれ》の文学」である。それに対して、散文文学のジャンルに属する「日記文学」や「物語文学」は「女子供の慰みもの」として、「私《わたくし》の文学」であり、「褻《け》の文学」として認識されていたであろう。したがって、散文作品の書き手であるということは、外聞の悪いことであり、けっして名誉なことではなかっただろう。

男《をとこ》もすなる「日記」といふものを、〈女《をむな》もしてみむ〉とてするなり。　（22頁）

と高らかに「女」の立場の「日記」を執筆する宣言をしたにも関わらず、

　忘《わす》れ難《がた》く、口惜《くちを》しきこと多《おほ》かれど、え尽《つ》くさず。とまれかうまれ、疾《と》く破《や》りてむ。（61頁）

と自嘲的に結ばれなくてはならないのも、これが「漢詩」ではなく、「和歌」でもなく、「日記」という散文のジャンルに帰属する作品だったからであろう。『土左日記』の書き手であることは、世間に秘匿すべきことではあっても、けっして高らかに誇れることではなかったということである。

ただし『土左日記』は、『源氏物語』などとは異なり、読解にあたって読み手は本当の書き手を、「紀貫之」として認識して読まない限り、その虚構性が十分に現象しないテクストであることは間違いない。特に、その「アイロニー」は現象しないはずである。

## （Ⅳ）伝本、原典の再建と判読

紀貫之の自筆本（原本）と思われるものは鎌倉時代まで、京都の蓮華王院《れんげおういん》（三十三間堂）の宝蔵に収蔵されていた。後に歌人二条尭孝の手を経て将軍足利義政の所有に帰し足利家で所蔵されたまま、明応《めいおう》元年（一四九二）頃までは現存していたようだが、その後消息を絶っており、遺憾であるが現存はしない。しかし、この間貫之自筆本は、記録されているだけでも四度の書写が為されており、それによって四つの系統の本文が残されている。

（1）定家本（前田育徳会尊経閣文庫）。文暦《ぶんりゃく》二年（一二三五）、蓮華王院の宝蔵に秘蔵されていたものを藤原定家が発見し、書写。

（2）為家本（大阪青山歴史文学博物館蔵、未公開）。嘉禎二年（一二三六）。藤原定家の子、為家が書写。その忠実な転写本が、青谿書屋《せいけいしょおく》本（東海大学付属図書館桃園《とうえん》文庫蔵）。

（3）宗綱本（消失）延徳二年（一四九〇）。松木宗綱による書写。その転写本は、日本大学図書館本、近衛家本（陽明文庫）、八条宮本（消失）の三本。なお、消失した八条宮本の系統を引く再転写本は、宮内庁書陵部本。

（４）実隆筆本（消失）明応元年（一四九二）、三条西実隆が書写。
その転写本は、三条西家本。

別系統の転写本（消失）、その再転写本が大島家本。

原本からの一親等本で現存するものは、（１）定家本と（２）為家本の二本のみであるが、（１）は、原本に必ずしも忠実な書写の態度とは言えず（いわゆる歴史的仮名遣い、「定家仮名遣い」の創始者であるように、恣意的な改訂が為されているものと顧慮されている）、（２）は一般に公開されていないので、そもそも研究に資せない。したがってそれぞれ転写本（二親等本）、再転写本（三親等本）とはいいながらそれらの存在は、（２）の青谿書屋本、（３）宗綱本系統の現存する三本、（４）実隆筆本系統の現存二本は、原典再建には補完関係の資料として欠かせないものである。

ところでこの四系統の分類は、池田亀鑑の本文批判研究の成果によって為されたものである（『古典の批判的処置に関する研究』初出一九四一年、岩波書店）。未だ為家自筆本の所在が不明の段階において、池田は原本の面影を伝えるものは為家本系統であろうと推定し、その忠実な臨模、転写本である青谿書屋本を底本に諸本を対校することで原典の再建、貫之自筆本の再建を試みたのであった。

池田亀鑑の没後、昭和五十九年（一九八四）になって為家本は世に現われる。その調査研究を行った池田の高弟、萩谷朴の研究報告によれば、その推定はほぼ裏付けられ、同時に青谿書屋本に関してもその転写の際の誤謬は極めて少なく、僅かに四箇所だったとされている（「青谿書屋本『土佐日記』の極めて尠ない独自誤謬について」『中古文学』四一号、一九八八年五月）。

もっとも萩谷が誤謬と認知しているものの一つ、一月九日最初の船唄中の「きるこ」の語、その「こ」の部分は、私見では「ゝ」という、繰り返しの記号と判読できなくもない。そうであるならば、「きるこ」は、「きるゝ」であり、必ずしも青谿書屋本独自の誤謬とまで考える必要はないように思われる。

## （Ｖ）研究の新たな方向性―言説分析の提案

『土左日記』の研究は、藤原定家によって文暦二年貫之自筆本の発見とその書写による定家本の奥書に記された書誌的な記録に始まるといえる。しかし、典拠・考証等が十分に整備され全体的に体系だった注釈は、近世の歌学者たちを中心とする研究が出現するまで待たなくてはならない。

池田正武《まさのり》『土佐日記講註』慶安元年（一六四八）、加藤磐斎『土佐日記見聞抄』明暦元年（一六五五）、北村季吟『土左日記抄』寛文元年（一六六一）、岸本由豆流《ゆずる》『土左日記考証』文化一二年（一八一五）、富士谷《ふじたに》御杖《みつえ》『土佐日記燈《ともしび》』文化一四年（一八一七）、香川景樹『土左日記創見』文政六年（一八二三）、田中大秀『土佐日記解』文政一二年（一八二九）、橘守部《もりべ》『土佐日記舟の直路《ただじ》』天保一三年（一八四二）、鹿持《かもち》雅澄『土佐日記地理辨』安政四年（一八五七）。

ところで『土左日記』が成立してから近世の歌学者たちの注釈が整備されるまでに、「紀貫之」という存在は、「下級の官人」という地位から「歌聖」という和歌の神様の位相にまで祭り上げられてしまった。そのことにより、作成したテクストじたいは、紀貫之自身の意図を超越し極端なバイアスが懸かった状態で享受がなされるようになってしまった。近世歌学者たちの注釈の特徴は、『土左日記』のテクストをすべて「同一性」の論理で捉えてしまうことである。

「ある人」という三人称の呼称は前述したように、「紀貫之」を想起させる人物を指示すると同時に、それとはまったく正反対の性格の人物も指示してしまい、この呼称から人物を特定することはできなかった。「分裂」しているといえた。つまり、人物の記号的な「同一性」は破壊され、否定されているのが『土左日記』の特徴なのである。（ただし、「淡路の専女」と「船君」との一連の挿話は、連作として否定するものではない）

たとえば作中には大人顔負けの上手な和歌を詠む「童」が登場している。一月七日の「童」がその典型で、従来、「紀貫之」の「分身」として理解されている。この「童」を紀貫之のミニチュアとして、つまり、「同一性」の論理から理解する根拠を、岸本由豆流《ゆずる》の『土左日記考証』は、「こは、紀氏みづからの子なれど、例の、おぼめかして、ある人のこの、とはいへるか、又、実に、或人の子にてもあるべし。されど、紀氏の子の歌よみし事、外の書にもみえたれば、こゝも紀氏の子としてありぬべし」とする。

また香川景樹の『土左日記創見』も、「行《ゆ》く人《ひと》も留《と》まるも袖《そで》の涙川汀《なみだがはみぎは》のみこそ濡《ぬ》れ勝《まさ》りけれ」の歌などを、「さて、此歌、かけ歌の意をうけたるより、袖の涙川と、いふなど、更に、童のものにあらず。かつ、汀のまさるといふは、すなはち、紀氏の語にて、外に聞しらぬこゝちす。此後、兼盛の、「山河の汀まされる春風に」と、よめるは、即ち、紀氏をまなべる也。次に、「わたつみのちぶりの神に云々」、「祈りくる風間ともふを」など童のよめりとあれど、其歌ざま、老成したるは、みな、紀氏のなるべし」とする。

歌学者たちの注釈は、作中に登場する「童」たちの自立性と自律性を一切認めず、典拠とする和歌が紀貫之の作であることを根拠に、童＝紀貫之と理解してしまうのである。

果ては、一月十一日の「ありける女童《をむなわらは》」と一月七日の「童」を同一の人物と見做しており、こうした牽強付会が現在の注釈にまで、通説として引き継がれているのは、実に驚くべきことである（→補注「**一　ある人の子の童なる**」（67頁）参照）。

「童」には「分身」として、「紀貫之」との「同一性」を読むと同時に、むしろ「分裂」していること、「差異性」を重視した読みをなすべきではないだろうか。「分身」は、すなわち「分裂」でもあり、それによって新たな作中人物が生成される方法でもあった。

さて『土左日記』という散文作品の主体は分裂している、そのことを冷静に認識し、むしろ分裂していることを積極的に評価できる分析をなすべきではないだろうか。その方法の一つとして、言説分析の方法を提案したい。

言説分析とは、古典の散文文学のことばを、その機能に応じて区別し読み分けることである。その先蹤、先駆けとも言うべきことは『源氏物語』の古注釈において、連歌師たちによって始められたことであった。古注という中世の源氏学は、句読点も濁点も無い『源氏物語』の本文に、例えば「源ノ詞也」とか「源ノ心ヨリイヘリ」とか注記することによって、「地の文」、「会話文」、「内話文（心内語・心内文・心中思惟）」、「草子地」、「和歌」、「手紙文」、「移り詞」（中島広足『海人のくゞつ』）等に区別分類をしている。これに欧米の言説研究の成果である、「自由直接言説」と「自由間接言説」を加え、『源氏物語』の言説分析の視座は出揃う。三谷邦明の先駆的な研究成果があり（『物語文学の言説』有精堂出版、一九九二年。『源氏物語の言説』翰林書房、二〇〇二年。『源氏物語の方法〈もののまぎれ〉の極北』翰林書房、二〇〇七年）、また私も言説に拘ることで些か研究をものしてきた（『源氏物語の語り・言説・テクスト』おうふう、二〇〇四年。『古代散文引用文学史論』勉誠出版、二〇〇九年）。

『源氏物語』の言説は語る主体が複雑に分裂しており、したがってそこから書き手の意図を読み取ることはできない。作中で聞き手に、あるいは読者に向かって語っているのは、果たして誰の（立場の）話声なのか？解釈に当たり特定するのに困る事例も少なくない。それに比して、『土左日記』の方は言説の構成がシンプルな分、主体の分裂も緩く、一見、紀貫之の意図が一義的に理解できるのではないかという思い込みから、従来、解釈に問題を残してきた箇所も少なくない。ゆえに、『源氏物語』の場合と同様に言説分析という視座を導入することで、「誰が」、「どのような」立場から語っているのかという、話声の分析もより明晰になり、その解明も進むだろうという見通しを、私は持っている（→補注「三　**国より始めて**」（76頁）参照）。

『土左日記』においても『源氏物語』の分析方法に倣い、それに准じて言説を分析することは可能であり、それは有効かつ有益なことではないかと考える。本書は言説分析の成果に基づき企画された。今後『土左日記』においても、言説分析の実践を通した研究、その進展を期待するのである。

# 新編　土左日記

一男《をとこ》もすなる「日記《にき》」といふものを、〈女《をむな》もしてみむ〉とてするなり。

二某《それ》の年《とし》の十二月《しはす》の二十日《はつか》あまり一日《ひとひ》の日《ひ》の三戌《いぬ》の刻《とき》に、門出《かどで》す。四その由《よし》、些《いさ》かにものに書《か》きつく。

五ある人《ひと》、六県《あがた》の四年五年《よとせいつとせ》果《は》てて、七例《れい》の事《こと》ども皆《みな》し終《を》へて、八「解由《げゆ》」など取りて、九住《す》む舘《たち》より出《い》でて、一〇船《ふね》に乗《の》るべき所《ところ》へ渡《わた》る。彼《か》れ此《こ》れ、知《し》る知《し》らぬ、送《おく》りす。一一年来《としごろ》よく比《くら》べつる人々《ひとぐ》なむ、別《わか》れ難《がた》く思《おも》ひて、日頻《(ひ)しき》りに、とかくしつつ、一二罵《のゝし》るうちに、夜更《よふ》けぬ。

廿二日に、一三「和泉《いづみ》の国《くに》まで」と、一四平《たひ》らかに願《(ぐわん)》立《た》つ。一五藤原《ふぢはら》のときざね、一六船路《ふなぢ》なれど、馬《むま》の鼻向《はなむ》けす。上中下《かみなかしも》、酔《ゑ》ひ飽《あ》きて、いと奇《あや》しく、潮海《しほうみ》の辺《ほと》りにて、一七あざれ合《あ》へり。

廿三日。一八「八木《やぎ》のやすのり」といふ人《ひと》あり。*この人《ひと》、一九国《くに》に、

一　男も書くと聞く日記。「男も…女も…」、「も」の並立は、対抗意識の表明。女の立場から仮名の日記を書こう。↓補注　二　訓読語「某　ソレ」（観智院本類聚名義抄）、「或る年」という虚構の表明。従来、承平四年（九三四）に歴史比定。　三　午後八時頃。「門出」は旅立ち。　四　その旅の様子を。「もの」は紙。　五　前国守紀貫之の実名表記を忌避、匿名の「ある人」という三人称の代名詞で韜晦。あくまで仮構の「女」の視点から語り記す。　六　地方官としての任期の四、五年。↓補注　七　国司交代の事務引き継ぎ。　八　「解由状」の略で、後任国司の引き継ぎ完了確認書。　九　国司の官舎。高知県南国市比江。　一〇　高知市大津　一一　心を通わせ親しく交際した人々。　一二　大騒ぎするうちに。　一三　大阪府南部。一月卅日「今は和泉の国…」と呼応。ここまでが外海の航路で難所。　一四　「平ら」と「立つ」の言語遊戯。　一五　伝未詳、国府の役人か。　一六　陸路でもないのに、馬の鼻向け（餞別）をしたという諧謔。　一七　「戯（あざ）る」と「鯘（あざ）る」の掛詞。塩の防腐効果で「鯘る」（腐る）はずもないのに、「戯（たわむ）れ」合っている。　一八　伝未詳。

必《かなら》ずしも言《い》ひ使《つか》ふ者《もの》にもあらざなり。これぞ、二〇偉《たゝ》はしきやうにて、馬《むま》の鼻向《はなむ》けしたる。二一守《かみ》がらにやあらむ、国人《くにひと》の心《こゝろ》の常《つね》として、二二〈今《いま》は〉とて見《み（え）》へざなるを、二三心《こゝろ》ある者《もの》は、*恥ぢずになむ来《き》ける。これは、物《もの》によりて褒《ほ》むるにしもあらず。

**廿四日**。二四**講師**《(かうじ)》、馬《むま》の鼻向《はなむ》けしに二五出《い》でませり。ありとある上《かみ》下《しも》、童《わらは》まで酔《ゑ》ひ痴《し》れて、二六**一文字**《(いちもんじ)》をだに知《し》らぬ者《もの》、しが脚《あし》は**十文字**《(じふもんじ)》に踏《ふ》みてぞ遊《あそ》ぶ。

**廿五日**。二七守《かみ》の舘《たち》より、呼《よ》びに文持《ふみも》て来《き》たなり。呼《よ》ばれて到《いた》りて、日一日《ひひとひ》、夜一夜《よひとよ》、とかく二八遊《あそ》ぶやうにて、明《あ》けにけり。

**廿六日**。なほ、守《かみ》の舘《たち》にて、二九饗応《あるじ》し罵《のゝし》りて、三〇**郎等**《(らうどう)》までに物《もの》被《かづ》けたり。漢詩《からうた》、声《こゑ》あげて言《い》ひけり。和歌《やまとうた》、主人《あるじ》も客人《まらうど》も、他人《ことひと》も言《い》ひ合《あ》へりけり。三一漢詩《からうた》は、これにえ書《か》かず。和歌《やまとうた》、主《ある》

**＊この人**―なし（底）―この人（定・日・近）―このひと（宮・三）

一九　重用された者でもないようである。「あらざなり」は、「あらざんなり」の撥音無表記。「なり」は、伝聞推定と理解したい。書き手の女の立場から「断定」は避けて朧化。後出の「見へ《（え）》ざなる」も同じ。

二〇　「偉　タクマシ　タタハシク」（観智院本類聚名義抄）いかめしく、立派。二一　前国守の人柄。二二　離任する官人には、もはや用はない。二三　書き手の人間評価。「心」「志」を重視。

**＊恥ぢずに**―、ちすそ（底）―はちすに（日・近・宮）―はちすき（三）

二四　国分寺の僧。僧尼を管掌。二五　敬語。翌日の新任国司に無敬語なのと対照。二六「一」と「十」の対照。二七　新国守（島田公鑒）の呼び出し。前日の講師が出向いたのと対照。→補注　二八　ここの「遊ぶ」は音楽を奏でること。二九「饗応（あるじ）」する者が「主人（あるじ）」。三〇　前国守の従者にまで禄を被けた。威勢のみせつけ。三一　性差。書き手が女であるため、漢詩は記録しない。

人《じ》の守《かみ》の詠《よ》めりける、

1　都出《みやこい》でて君《きみ》に逢《あ》はむと来《こ》しものを来《こ》しかひもなく別《わか》れぬるかな

となむありければ、帰《かへ》る前《さき》の守《かみ》の詠《よ》めりける、

2　一白栲《しろたへ》の波路《なみぢ》を遠《とほ》く行《ゆ》き交《か》ひて二我《われ》に似べきは誰《たれ》ならなくに

三他人々《ことひと〲》のもありけれど、さかしきもなかるべし。とかく言《い》ひて、前《さき》の守《かみ》、今《いま》のも、諸共《ろとも》に下《お》りて、今《いま》の主人《あるじ》も、前《さき》のも、手取《てと》り交《か》はして、四酔言《ゑひごと》に心《こゝろ》よげなる言《こと》して、出《い》で入《い》りにけり。

**廿七日**。五大津《おおつ》より六浦戸《うらど》を指《さ》して漕《こ》ぎ出《い》づ。七かくあるうちに、八京《(きやう)》にて生《う》まれたりし女子《をむなご》、国《くに》にて俄《には》かに失《う》せにしかば、この頃《ごろ》の出《い》で立《た》ちいそぎを見《み》れど、九何言《なにごと》も言《い》はず、京《(きやう)》へ帰《かへ》るに、女子《をむなご》の亡《な》きのみぞ悲《かな》しび恋《こ》ふる。一〇ある人々《ひと〲》もえ堪《た》へず。この間《あひだ》に、*一一ある人《ひと》の書《か》きて言《い》だせる歌《うた》、

3　一二都《みやこ》へと思《おも》ふをものの悲《かな》しきは帰《かへ》らぬ人《ひと》のあればなりけり

一　「波」の枕詞。　**二**　私のようになるのは、誰でもない、あなたなのに。新任国司への、皮肉・同情。　**三**　たいした歌もなかったようだ。省略の草子地。↓補注　**四**　酔った紛れに（本心はともかく）心地よさそうな祝い言を言い合って、（客は）舘を出て（主人は）舘に入った。対照的な両者の正反対の動作（象徴的）を簡潔に表現。　**五**　高知市大津。　**六**　高知市浦戸。門出の「船に乗るべき所」。現在の浦戸港とは一致しない。　**七**　こうして帰京する一行のうちで。　**八**　亡児追懐のエピソード、その初出。↓補注　**九**　帰京を素直に喜べない。亡児の母の立場。ただし、書き手は亡児の母ではない。　一〇　その場に居合わせた人々。　一一　「ある人」は一行の中の一人で、その心情を代表。ただし、必ずしも前国守（貫之）とは特定できない。

**＊ある人の**―あるひと（底）―あるひとの（定）―ある人の（日・近・宮・三）

一二　この歌は、古今集・羇旅・**四一二**とその左注が典拠。↓補注

また、ある時《とき》には、

4 あるものと忘《わす》れつつなほ亡《な》き人《ひと》を何《いづ》らと問《と》ふぞ悲《かな》しかりける

と言《い》ひける間《あひだ》に、一三「鹿児《かこ》の崎《さき》」と言《い》ふ所に、守《かみ》の兄弟《はらから》、また他人《ことひと》、此《こ》れ彼《か》れ、酒《さけ》なにと持《も》て追《お》ひ来《き》て、磯《いそ》に下《お》り居《ゐ》て、別《わか》れ難《がた》きことを言《い》ふ。守《かみ》の舘《たち》の人々《ひと〲》の中《なか》に、この来《き》たる人々《ひと〲》ぞ、一四心《こゝろ》あるやうには言《い》はれ仄《ほの》めく。かく別《わか》れ難《がた》く言《い》ひて、かの人々《ひと〲》の、一五口網《くちあみ》も諸持《もろも》ちにて、この海辺《うみべ》にて、担《にな》ひ出《い》だせる歌《うた》、

5 一六惜《を》しと思《おも》ふ人《ひと》やとまると葦鴨《あしがも》のうち群《む》れてこそ我《われ》は来《き》にけれ

と言《い》ひてありければ、いといたく賞《め》でて、行《ゆ》く人《ひと》の詠《よ》めりける、

6 一七棹《さを》させど底《そこ》ひも知《し》らぬわたつみの深《ふか》き心《こゝろ》を君《きみ》に見《み》るかな

と言《い》ふ間《あひだ》に、一八楫取《かぢとり》、一九もののあはれも知《し》らで、己《おのれ》し酒《さけ》をくらひつれば、〈早《や》く往《い》なむ〉とて、「潮満《しほみ》ちぬ。風《かぜ》も吹《ふ》きぬべし」と騒《さわ》げば、〈船《ふね》に乗《の》りなむ〉とす。この折《をり》に、ある人々《ひと〲》、折節《をりふし》

一三　高知市大津鹿児山。現在は、陸地。
一四　誠意があるように言われもし、そう見えもする。皮肉なものいい。　一五　不詳、当時の諺か。海辺で漁師が力を合わせ網を担ぐ様子を、心を合わせ歌を合作する様に喩える。「口網」は、引き網の一種。　一六　「惜し」と「鴛鴦(をし)」(をしどり)は掛詞、「とまる」「葦鴨」は縁語。「葦鴨の」は、「うち群れ」の枕詞。　一七　前掲「惜しと思ふ…」の贈歌と当該答歌は、李白の「贈汪倫」を下敷きとする。→補注　一八　船頭。「船子」は、配下の乗組員。　一九　この語、当該作品が平安文学初出の例。「くらふ」は「食う」よりも下品な語で、「楫取」を賤視。

に*つけて、漢詩《からうた》ども、時《とき》に似つかはしき言《い》ふ。また、ある人《ひと》、一西国《にしぐに》なれど、甲斐歌《かひうた》など言《い》ふ。かく歌《うた》ふに、二「船屋形《ふなやかた》の塵《ちり》も散《ち》り、空行《そらゆ》く雲《くも》も漂《ただよ》ひぬ」とぞ三言《い》ふなる。

今宵《こよひ》、浦戸《うらど》に泊《とま》る。藤原《ふぢはら》のときざね、四橘《たちばな》のすゑひら、他《こと》人々《ひとびと》、追《お》ひ来《き》たり。

廿八日。浦戸《うらど》より漕《こ》ぎ出《い》でて、五大湊《おほみなと》を追《お》ふ。この間《あひだ》に、六はやくの守《かみ》の子《こ》、山口《やまぐち》のちみね、酒《さけ》、よき物《もの》ども持《も》て来《き》て、船《ふね》に入《い》れたり。行《ゆ》く行《ゆ》く飲《の》み食《く》ふ。

七廿九日。八大湊《おほみなと》に泊《とま》れり。九医師《くすし》、一〇ふりはへて、一一屠蘇《とうそ》、白散《(びやくさん)》、酒加《さけくは》へて、持《も》て来《き》たり。一二志《こゝろざし》あるに似たり。

元日《(ぐわんにち)》。なほ、同《おな》じ泊《とまり》なり。

＊つけて―つけつ、(底)―つけて(定・日・宮・近・三)

一　土佐は歴史地理的には、都の南。だから「西国」とは言えない。この場面、『伊勢物語』東下りのパロディ。→補注　二　虞公(ぐこう)の美声が梁の上の塵を振動で動かしたという故事(『文選』李善注所引『劉向(りゅうきょう)別録』)と、秦青(しんせい)の悲歌が空を行く雲を遏(とど)めたという故事(『列子』湯問篇)。当該場面は、これらの故事を踏まえ、当意即妙に「梁」を「船屋形」に置換し、美声を競い合う様を表現。　三　「なる」は伝聞。記述者が女であることの表現。　四　伝未詳、国府の役人か。「藤原のときざね」は既出(廿二日)。　五　不詳。諸説あるが、高知県南国市前浜(竹村義一)か。「追ふ」は「めざす」。　六　以前の国守の落胤で土着した者か。石上の乙麻呂の土佐配流の故事を下地にするか(新大系)。　七　承平四年に比定される「某年」の十二月は、陰暦では小の月なので、廿九日が晦日。→補注　八　一月八日まで大湊に滞留。　九　国府に一名ずつ配された医官。　一〇　わざわざ出向いて。　一一　共に正月用の薬酒。正月三が日に飲むと、一年の邪気を払って、

白散《びやくさん》を、*ある者《もの》、「夜《よ》の間《ま》」とて、船屋形《ふなやかた》に挿《さ》し挟《はさ》めりければ、風《かぜ》に吹《ふ》き馴《な》らさせて、海《うみ》に入《い》れて、え飲《の》まずなりぬ。一三芋茎《いもし》、一四荒布《あらめ》も、一五歯固《はがため》もなし。かうやうの物《もの》なき一六国《くに》なり。求《もと》めしもおかず。ただ、一七押鮎《おしあゆ》の口《くち》をのみぞ吸《す》ふ。この吸《す》ふ人々《ひとぐ》の口《くち》を、押鮎《おしあゆ》もし思《おも》ふやうあらむや。一八「今日《けふ》は都《みやこ》のみぞ思《おも》ひやらるる」、「一九小家《こへ》の門《かど》の二〇注連縄《しりくべなは》の鯔《なよし》の頭《かしら》、柊《ひゝらぎ》ら、如何《いか》にぞ」とぞ言《い》ひ合《あ》へなる。

二日《ふつか》。なほ、大湊《おほみなと》に泊《とま》れり。

講師《かうじ》、物《もの》、酒《さけ》、二一遣《おこ》せたり。

三日《みか》。同《おな》じ所《ところ》なり。

もし二二風波《かぜなみ》の、〈暫《しば》し〉と惜《を》しむ心《こゝろ》やあらむ。心許《こゝろもと》なし。

四日《よか》。風吹《かぜふ》けば、え出《い》で立《た》たず。

延命効果がある。一二 書き手は、純粋に「好意」とは思っていない。「似たり」は、漢文訓読語。和語なら「やうなり」。

*ある者―あくもの（底）―あるもの（定・日・宮・近・三）

一三 里芋の茎を干したもの。ずいき。
一四 布（め）は、海藻。一五 長寿を願い正月三が日に食べる、大根・瓜・押鮎・猪・鹿等の食品。一六 不自由な船中の生活の諧謔的表現。一七 重石をして、塩漬にした鮎。土佐の名産。食べる様を接吻に見立て、擬人化する。一八 擬人化された押鮎同士の会話文で、一行の望京の思いを代弁。「今日は都のみぞ思ひやらるる」を、地の文と見る説もある。一九 庶民の家。二〇 鯔（ボラ）の頭と柊（棘のある常緑樹）を注連縄に付け、正月の厄除けとした。二一 贈ってよこした。ただし、「講師」に廿四日のように、敬語を用いていない。二二 擬人化。もし、風波が、もうしばらくと、別れを惜しむ気持があるのだろうか。「心やあらむ」と「心許なし」、対の言語遊戯。

[一]まさつら、酒《さけ》、よき物《もの》奉《たてまつ》れり。このかうやうに物持《ものも》て来《く》る人《ひと》に、[二]なほしもえあらで、些《いさゝ》け業《わざ》せさす。[三]物《もの》もなし。[四]賑《にぎ》はしきやうなれど、負《ま》くる心地《こゝち》す。

五日《(いつか)》。風波止《かぜなみや》まねば、なほ同《おな》じ所《ところ》にあり。
人々《ひと〲》、絶《た(え)》へず訪《とぶら》ひに来《く》。

六日《(むゆか)》。昨日《きのふ》のごとし。

[五]七日《(なぬか)》になりぬ。同《おな》じ港《みなと》にあり。
今日《けふ》は[六]白馬《あをむま》を思《おも》へど、甲斐《かひ》なし。たゞ[七]波《なみ》の白《しろ》きのみぞ見《み》ゆる。
かゝる間《あひだ》に、人《ひと》の家《いへ》の、[八]「池《いけ》」と名《な》ある所《ところ》より、[九]鯉《こひ》は無《な》くて、鮒《ふな》より始《はじ》めて、川《かは》のも海《うみ》のも、他物《こともの》ども、[一〇]長櫃《ながびつ》に担《にな》ひ続《つゞ》けて遣《おこ》せたり。[一一]若菜《わかな》ぞ今日《けふ》をば知《し》らせたる。[一二]歌《うた》あり。その歌《うた》、

**一**　伝不詳。姓の省略は親しみを表現し、前国守(貫之)に仕えた下級役人か。　**二**　そのままにもできないので、少しばかり返礼をする。　**三**　(返礼に相応しい)物もない。　**四**　(贈り物の多さに)富裕に見えるが、(返礼が貧相で)気が引ける。　**五**　停滞したまま、もう「七日になってしまった」。感懐。　**六**　宮廷行事。白馬節会(あおうまのせちえ)、叙位の儀がある。→補注　前国守(貫之)は、土佐の守の実績により叙位を期待していたが、新任の守(島田公鑒)の赴任遅延により水泡に帰した(全注釈)。　**七**　白馬を見ずに、白波ばかり見るという諧謔。　**八**　高知市池。　**九**　「池の鯉」というように、「池」には「鯉」が付き物。鯉は古くから蓄養されていた。　**一〇**　衣服や調度を入れる蓋付の長い櫃で両端に三本ずつ六本の短い脚がつく。大きな贈り物を贈る時に用いられ、長持のように前後を棒で二人してかつぐ。　**一一**　若菜摘みは七日の宮廷行事。　**一二**　和歌が添えられていた。　**一三**　茅(チガヤ)の生えている野辺。「池」という地名だけで、実態は水も無い野原。　**一四**　歌の詠みぶりと共に、時宜に適った贈り物を褒める。　**一五**　都の身分のある女が、夫に従って下って池に住みついたのである。

7 一三浅茅生《あさぢふ》の野辺《べ》にしあれば水《みづ》もなき池《いけ》に摘《つ》みつる若菜《わかな》なりけり

一四いとをかしかし。この「池《いけ》」といふは、所《ところ》の名《な》なり。一五よき人《ひと》の、男《をとこ》に付《つ》きて下《くだ》りて、住《す》みけるなり。この長櫃《ながびつ》の物《もの》は、皆人《みなひと》、童《わらは》までにくれたれば、一六飽《あ》き満《み》ちて、一七船子《ふなこ》どもは腹鼓《はらつゞみ》を打《う》ちて、海《うみ》をさへ驚《おどろ》かして、波立《なみた》てつべし。

かくて、この間《あひだ》に事多《ことおほ》かり。今日《けふ》、一八破籠《わりごも》持たせて来《き》たる人《ひと》、その名《な》などぞや、今思《いまおも》ひ出《い》でむ。一九この人《ひと》、〈歌詠《うたよ》まむ〉と思《おも》ふ心《こゝろ》ありてなりけり。とかく言《い》ひ々《く》て、「波《なみ》の立《た》つなること」と二〇憂《うる》へ言《い》ひて、詠《よ》める歌《うた》、

8 二一行《ゆ》く先《さき》に立《た》つ白波《しらなみ》の声《こゑ》よりも遅《おく》れて泣《な》かむ我《われ》や勝《まさ》らむ

とぞ詠《よ》める。二二いと大声《おほごゑ》なるべし。持《も》て来《き》たる物《もの》よりは、歌《うた》は如何《いかゞ》あらむ。二三この歌《うた》を、此《こ》れ彼《か》れあはれがれども、一人《ひとり》も返《かへ》しせず。二四しつべき人《ひと》も交《まじ》れれど、二五これをのみ甚《いた》がり、物《もの》をのみ食《く》ひて、夜更《よふ》けぬ。この歌主《うたぬし》、二六「まだ罷《まか》らず」と言《い》ひて二七立《た》

一六　十分に堪能して。　一七　誇張表現。水夫たちは満腹した太鼓腹を打って、(その音が)海神さえも驚かして波を立ててしまいそうだ。　一八　檜の薄板で仕切を作った食物容器、弁当箱。　一九　自慢の和歌を披露したいという下心まる出しで、僅かな手土産を持参した。若菜の女に対して、土着の下衆な歌詠みの男という対照的な設定。↓補注

二〇　心配して。「潤(うる)へ」(湿って)と掛詞。　二一　航海に最も忌むべき、行く先に立つ白波の語を詠む、無神経さ。泣くことは、別離に禁物、また、「白波」には盗賊の意味もあり、不吉な連想を誘う。　二二　揶揄。ずいぶん大声なんだろう。　二三　物を貰った手前感心した振りをするが、本心でないので、誰も返歌をしない。贈歌に対して返歌するのは礼儀だが、あえて相手にせず、知らん顔をしている。　二四　当然、返歌をすべき人、前国守(貫之)を指す。　二五　(返歌はしないくせに相手の)歌を感心ばかりしてみせ。

二六　まだ帰りません。　二七　(さすがに、座の白けた空気を察して)居たたまれず席を立った。

ちぬ。一ある人《ひと》の子《こ》の童《わらは》なる、二密《ひそ》かに言《い》ふ。「三麿《まろ》、この歌《うた》の返《かへ》し為《せ》む」と言《い》ふ。四驚《おどろ》きて、五「いとをかしき事《こと》かな。詠《よ》みてむやは。詠《よ》みつべくは、はや言《い》へかし」と言《い》ふ。「『罷《まか》らず』とて立《た》ちぬる人《ひと》を待《ま》ちて詠《よ》まむ」とて六求《もと》めけるを、「夜更《よふ》けぬ」*七とにやありけむ、やがて往《い》にけり。「そもそも、八如何《いかゞ》詠《よ》んだる」と、九訝《いぶか》しがりて問《と》ふ。この童《わらは》、さすがに恥《は》ぢて言《い》はず。強《し》ひて問《と》へば、言《い》へる歌《うた》、

9
行《ゆ》く人《ひと》も留《と》まるも袖《そで》の一〇涙川汀《なみだかはみぎは》のみこそ濡《ぬ》れ勝《まさ》りけれ

となむ詠《よ》める。一一かくは言《い》ふものか。一二うつくしければにやあらむ、いと思《おも》はずなり。一三「童言《わらはごと》にては何《なに》かはせむ。嫗《おむな》、翁《おきな》、手捺《てお》しつべし。一四悪《あ》しくもあれ、如何《いか》にもあれ、便《たよ》りあらばやらむ」とて、一五置《お》かれぬめり。

八日《(やうか)》。一六障《さは》る事《こと》ありて、なほ、同《おな》じ所《ところ》なり。

一七今宵《こよひ》、月《つき》は海《うみ》にぞ入《い》る。これを見《み》て、一八業平《なりひら》の君《きみ》の「山《やま》の端《は》

一　→補注　二　漢文訓読語。ただし、幼い童の態度を形容する語としては不自然。　三　自称代名詞。男女共に用いる。　四　年端もいかない幼い童が、一人前に返歌をするというので。大人たちは物を貰うばかりで狡賢く、返歌をしなかった事との対照。純真な童。　五　たいそう面白い。果たしてちゃんと詠めるかな。ほんとに読めるなら、早く言いなさい。　六　捜したが。
*とにや―とや（底）―とにや（定・日・宮・近・三）
七　とでもいうのであろうか、そのまま帰ってしまった。　八　どのように詠んだの。
九　不思議がって訊く。子供にまともな返歌などできないだろうという臆断から。
一〇　あふれた涙が川となるという誇張。
一一　こんなに上手く詠むものか。　一二　可愛いからだろうか、まったく意外である。
一三　子供の作った歌では相手にされないから、嫗・翁が自己の歌として署名捺印をしよう。
一四　詠者を偽るのは悪いことか、ともかく、ついでがあれば送ってやろう。　一五　手許に置かれたようだ。　一六　都合の悪い事。節忌か（新大系）。二月十日にも同様の記述により留まる。　一七　大湊に比定される前浜から海

逃《に》げて一九入《い》れずもあらなむ」といふ歌《うた》なむ思《おも》ほゆる。もし海辺《うみべ》にて詠《よ》ままましかば、「波立《なみた》ち障《さ》へて入《い》れずもあらなむ」二〇とも詠《よ》みてましや。今《いま》、この歌《うた》を思《おも》ひ出でて、ある人《ひと》の詠《よ》めりける、

照《て》る月《つき》の流《なが》るる見《み》れば天《あま》の川出《がはい》づる港《みなと》は海《うみ》に二一ざりける

とや。

九日《（ここぬか）》の二二つとめて、〈大湊《おほみなと》より、二三奈半《なは》の泊《とまり》を追《お》はむ〉とて、漕《こ》ぎ出《い》でけり。

此《こ》れ彼《か》れ互《たが》ひに、〈二四郡《くに》の境《さかひ》の内《うち》は〉とて、見送《みおく》りに来《く》る人数《ひとあま》多《た》が中《なか》に、二五藤原《ふぢはら》のときざね、橘《たちばな》のすゑひら、二六長谷部《はせべ》のゆきまさらなむ、御舘《みたち》より出《い》で二七給《たう》びし日《ひ》より、此処彼処《こゝかしこ》に追《お》ひ来《く》る。この人々《ひと〴〵》ぞ志《こゝろざし》ある人《ひと》なりける。この人々《ひと〴〵》の深《（ふか）》き志《こゝろざし》は、この海《うみ》にも劣《おと》らざるべし。これより今《いま》は漕《こ》ぎ離《はな》れて行《ゆ》く。これを〈見送《みおく》らむ〉とてぞ、この人《ひと》どもは追《お》ひ来《き》ける。かくて、漕《こ》ぎ行《ゆ》くまに二八まに、海《うみ》の辺《ほとり》に留《と》まれる人《ひと》も遠《とほ》く*なりぬ。二九船《ふね》

に没する月は見えない。↓補注　一八　在原業平。「君」は、敬称。古今集・巻一七・雑歌上・**八八四**、伊勢物語八二段。上句「飽かなくにまだきも月の隠るるか」。　一九　入れないでほしい。　二〇　とでも詠んだろうか。　二一「ぞありける」の約。　二二　早朝。　二三　高知県安芸郡奈半利町。　二四　国府のある長岡郡と安芸郡との境。↓補注　二五　既出の人物。十二月廿二日、廿七日。　二六　未詳。前二者と同じく国府の役人か。　二七「給ふ」よりくだけた口語的表現。　二八　…に従っての意。「ままに」。

***なりぬ**―なり（底）―なりぬ（定・日・宮・近・三）

二九　岸で見送る立場の人からの視点。岸と船が二元的な視点となっており、対句的表現。↓補注

の人《ひと》も見《み》へ《(え)》ずなりぬ。岸《きし》にも言《い》ふ事《こと》あるべし。船《ふね》にも思《おも》ふ事《こと》あれど、甲斐《かひ》なし。かかれど、一この歌《うた》を独《ひと》り言《ごと》にして止《や》みぬ。

11 二思《おも》ひやる心《こゝろ》は海《うみ》を渡《わた》れども三ふみしなければ知《し》らずやあるらむ

かくて、四宇多《(うだ)》の松原《まつばら》を行《ゆ》き過《す》ぐ。その松《まつ》の数《かず》五幾《いく》そ許《ばく》、幾千《いくち》年経《とせへ》たり〉と知《し》らず。六根《もと》ごとに波《なみ》うち寄《よ》せ、枝《えだ》ごとに鶴《つる》ぞ飛《と》び通《かよ》ふ。〈面白《おもしろ》し〉と見《み》るに堪《た》へずして、船人《ふなびと》の詠《よ》める歌《うた》、

12 七見渡《みわた》せば松《まつ》の末《うれ》ごとに住《す》む鶴《つる》は千代《ちよ》の同士《どち》とぞ思《おも》ふ八べらなる

とや。この歌《うた》は、九所《ところ》を見《み》るに、えまさらず。

一〇かくあるを見《み》つつ漕《こ》ぎ行《ゆ》くまにまに、山《やま》も海《うみ》も皆暮《みなく》れ、夜《よ》更《ふ》けて、西東《にしひむがし》も見《み》へ《(え)》ずして、一一天気《け》のこと、一二楫取《かぢとり》の心《こゝろ》に任《まか》せつ。一三男《をのこ》も慣《な》らはぬは、いとも心細《こゝろぼそ》し。まして、女《をむな》は船底《ふなぞこ》に頭《かしら》を突《つ》き当《あ》てて、一四音《ね》をのみぞ泣《な》く。一五かく思《おも》へば、船子《ふなこ》、楫取《かぢとり》は船唄歌《ふなうたうた》ひて、何《なに》とも思《おも》へらず。その歌《うた》ふ唄《うた》は、

一　この歌を独り言として口ずさみ（すなわち、独詠歌）、止めにした。　二　岸で見送る人々を。　三　「文」と「踏み」の掛詞で、さらに「踏み」は「渡る」の縁語。　四　虚構の地名。地名を漢字表記した唯一例。宇多上皇を偲ぶ意図があるか。↓補注　五　「いくばく」、とも。非常に多量。　六　対句表現。「松に鶴」は、唐絵、屏風絵の風景で、実景ではない。↓補注　七　↓補注　八　…のようだ。歌語としては延喜から天暦に頻出、当該日記には四例。仮名文学には珍しく、漢文訓読語か。　九　実景の美しさには及ばない。ただし、ここは実景に拠らないことを韜晦している。　一〇　このような美しい風景を。　一一　「てんけ」の「ん」（撥音）の無表記。　一二　航海の責任者、船頭の判断に一任。　一三　男であっても船旅に慣れない者は、たいそう心細い。　一四　声をあげて泣く。　一五　このように心細く思うのに。　一六　一説に「我が薄に」。　一七　むさぼり食うのだろうか。

13 春《はる》の野にてぞ音《ね》をば泣《な》く、[一六]若薄《わかすゝき》に手切《てき》る切る、摘《つ》んだる菜《な》を、親《おや》や[一七]まぼるらむ、姑《しうとめ》や食《く》ふらむ。[一八]帰《かへ》らや。

14 昨夜《よんべ》の[一九]髫《うなゐ》もがな、銭乞《ぜにこ》はむ、虚言《そらごと》をして、[二〇]賖《おぎの》り業《わざ》をして、銭《ぜに》も持て来《こ》ず、己《おのれ》だに来《こ》ず。

[二一]これならず多《おほ》かれども、書《か》かず。[二二]これらを人《ひと》の笑《わら》ふを聞《き》きて、海《うみ》は荒《あ》るれども、心《こゝろ》は少《すこ》し凪《な》ぎぬ。[二三]かく行《ゆ》き暮《く》らして、[二四]泊《とまり》に到《いた》りて、翁人《おきなびと》一人《ひとり》、専女《たうめ》一人《ひとり》、あるが中《なか》に心地《こゝち》悪《あ》しみして、[二五]物《もの》ものし給《た》ばで、潜《ひそ》まりぬ。

十日《（とをか）》。[二六]今日《けふ》は、この奈半《なは》の泊《とまり》に泊《とま》りぬ。

十一日。[二七]暁《あかつき》に船《ふね》を出《い》だして、[二八]室津《むろつ》を追《お》ふ。人《ひと》みなまだ寝《ね》たれば、海《うみ》の有様《ありやう》も見《み（え）》へず。たゞ月《つき》を見《み》てぞ、西東《にしひむがし》をば知《し》りける。かかる間《あひだ》に、みな夜《よ》明《あ》けて、手洗《あら》ひ、[二九]例《れい》の事《こと》どもして、昼《ひる》になりぬ。

一八 「帰らむや」の意で、囃しことば。 一九 うなゐ髪の娘に逢いたいものだ。小娘にたぶらかされた商人の唄か。 二〇 その場で代金を支払わない信用取引。 二一 省略の草子地。↓補注 二二 これらの歌謡に人が笑うのを聞いて、海は荒れたけれども、心は少し穏やかになった。「荒る」と「凪ぐ」の対句・対照の諧謔表現。 二三 このように船は進み、日は暮れて。 二四 奈半の港。 二五 何も召しあがらず、ひっそり引き籠り寝てしまった。「翁」・「専女」への敬語は、書き手の揶揄の気持。 二六 （昨日まで長途の航海をしたので）、今日は奈半の港で、疲れを休めた（新大系）。 二七 夜明け前のまだ暗いうち。「あけぼの」より前。 二八 高知県室戸市室津。 二九 毎日の決まりごとの、礼拝や食事。例えば『九条殿御遺誡』には毎日の日中行事を記して、「先ヅ起キテ属星ノ名号ヲ称フルコト七遍。次ニ鏡ヲ取リテ面ヲ見ル。次ニ暦ヲ見テ日ノ吉凶ヲ知ル。次ニ楊枝ヲ取リ西ニ向カイテ手ヲ洗フ。次ニ仏名ヲ誦シ及ビ尋常尊重スル所ノ神社ヲ念ズ可シ。次ニ昨日ノ事ヲ記ス。次ニ粥ヲ服ス。次ニ頭ヲ梳ル。次ニ手足ノ甲ヲ除ク。次ニ日ヲ択ビテ沐浴ス」とある。

[一]今《いま》し[二]「羽根《はね》」といふ所《ところ》に来《き》ぬ。[三]稚《わか》き童《わらは》、この所《ところ》の名《な》を聞《き》きて、「『羽根《はね》』といふ所《ところ》は、[四]鳥《とり》の羽根《はね》のやうにやある」と言《い》ふ。まだ幼《をさな》き童《わらは》の言《こと》なれば、人々《ひと〴〵》笑《わら》ふ時《とき》に、[五]ありける女《をむな》童《わらは》なむ、この歌《うた》を詠《よ》める。

15 まことにて名《な》に聞《き》く所《ところ》羽根《はね》ならば飛《と》ぶが[六]ごとくに都《みやこ》へ
　　も[七]がな

とぞ言《い》へる。男《をとこ》も女《をむな》も、〈いかで疾《と》く京《きやう》へもがな〉と思《おも》ふ心《こゝろ》あれば、この歌《うた》〈よし〉とにはあらねど、〈げに〉と思《おも》ひて、人々《ひと〴〵》忘《わす》れず。この「羽根《はね》」といふ所《ところ》問《と》ふ童《わらは》のついでにぞ、また[八]昔《むかし》へ人《びと》を思《おも》ひ出《い》でて、何《いづ》れの時《とき》にか忘《わす》るる。今日《けふ》はまして、[九]母《はゝ》の悲《かな》しがらるることは。下《くだ》りし時《とき》の人《ひと》の数《かず》足《た》らねば、古歌《ふるうた》に、[一〇]「数《かず》は足《た》らでぞ帰《かへ》るべらなる」といふ言《こと》を思《おも》ひ出《い》でて、[一一]人《ひと》の詠《よ》める、

16 [一二]世《よ》の中《なか》に思《おも》ひやれども子《こ》を恋《こ》ふる思《おも》ひにまさる思《おも》ひなき
　　かな

**一** 漢文訓読語。「いま」・「いましも」。 **二** 高知県室戸市羽根。 **三** 幼い子。 **四** 鳥の羽根のような所かな。 **五** 通説は一月七日の童と同一人物。↓補注 **六** 「ごとく」、漢文訓読語で、童の作としては不自然。 **七** 願望を表わす助詞。 **八** 亡き娘を想起して。 **九** その子の母の悲しがられることといったらない。「は」は、感動の終助詞。 **一〇** ↓補注 **一一** (ある)人が(一座を代表して)詠んだ(歌は)。和歌を詠んだのは、亡き子の「母」ではなく、場の共感を背景としたある「人」であることに注意(新全集)。 **一二** 歌中に三度用いられる「思ひ」の語は、微妙に意味を異にし言語遊戯的な表現。「人の親の心は闇にあらねども子を思ふ道にまどひぬるかな」(後撰集・巻一五・雑一・一一〇二(一一〇三) 藤原兼輔)と同じ発想(新大系)。兼輔は都における貫之の庇護者であったが、土佐在任中に亡くなっている。

と言《い》ひつつ一三なむ。

十二日。雨《あめ》降《ふ》らず。一四ふむとき、これもちが船《ふね》の遅《おく》れたりし、一五奈良志津《ならしつ》より室津《むろつ》に来《き》ぬ。

十三日の暁《あかつき》に、些《いさゝ》かに雨《あめ》降《ふ》る。暫《しば》しありて止《や》みぬ。女此《をむなこ》れ彼《か》れ、「沐浴《ゆあみ》などせむ」とて、辺《あた》りのよろしき所《ところ》に下《お》りて行《ゆ》く。一六海《うみ》を見《み》やれば、

17　雲《くも》も皆《みな》波《み》とぞ見《み》ゆる海人《あま》もがな何《いづ》れか海《うみ》と問ひて知《し》るべく

となむ歌《うた》詠《よ》める。

さて、一七十日《とを(う)か》あまりなれば、月《つき》おもしろし。船《ふね》に乗《の》り始《はじ》めし日《ひ》より、船《ふね》には紅《くれなゐ》濃《こ》くよき衣《きぬ》着《き》ず。それは、一八「海《うみ》の神《かみ》に怖《お》ぢて」と言《い》ひて、一九何《なに》の葦蔭《あしかげ》に託《ことづ》けて、二〇老海鼠《ほや》のつまの貽鮨《いずし》、鮨鮑《すしあはび》をぞ、二一心《こゝろ》にもあらぬ脛《はぎ》に上《あ》げて見《み》せける。

十四日。二二暁《あかつき》より雨《あめ》降《ふ》れば、同《おな》じ所《ところ》に泊《とま》れり。

一三「嘆きける」等が省略された余情表現。一四伝未詳。姓を記さないので、二人とも前国守(貫之)の従者か。この記述から、少なくとも帰京の船が二艘仕立てであったことが判る。十二日から廿日まで室津に滞留。この間の記事は、前日の表現やモチーフが、翌日の記事を、さらに翌日の記事をと、対句的にまた、鎖状に喚起させる方法によって描かれてゆく。十三日と十四日、十四日と十五日、十五日と十六日、十六日と十七日とが対(新大系)。一五高知県室戸市奈良師。一六「地の文」から「和歌」へ語る主体が移行している、「移り詞」の例。貫之による、仮名表記の実験実践。→補注　一七十日の、満月に近い月。一八海神は女神で女に魅入るのでその祟りを恐れて。一九「何の葦(悪し)き事があるものか」と、目隠しとして大して役にも立たない葦の蔭に託けて。二〇老海鼠(男性性器の喩)の連れ合い(妻)の貽貝・鮑(女性性器の喩)を。二一思わず、(局部を)見せてしまった。→補注　二二十三日と対の発想。共に暁に降雨、老海鼠に鯛、海神の恐れに対しては楫取のご機嫌取り。

[一]船君《ふなぎみ》、[二]節忌《せちみ》す。精進物無《さうじものな》ければ、[三]午刻《むまとき》より後《のち》に、楫取《かぢとり》の昨日《きのふ》釣りたりし鯛《たひ》に、銭無《ぜにな》ければ、米《よね》を[四]取《と》り掛《か》けて、[五]落《お》ちられぬ。[六]かかること、なほありぬ。楫取《かぢとり》、また鯛持《ひも》て来《き》たり。米《よね》、酒《さけ》、しばしば[七]呉《く》る。楫取《かぢとり》、気色悪《けしきあ》しからず。

十五日。[八]今日《けふ》、[九]小豆粥煮《あづきがゆに》ず。口惜《くちを》しく、なほ[一〇]日《ひ》の悪《あ》しければ、居《ゐ》ざる程《ほど》にぞ、[一一]今日《けふ》、二十日《はつか》あまり経《へ》ぬる。徒《いたづ》らに日《ひ》を経《ふ》れば、人々《ひと〴〵》海《うみ》を眺《なが》めつつぞある。女《め》の童《わらは》の[一二]言《い》へる、

18 立《た》てば立《た》つ居《ゐ》ればまた居《ゐ》る吹《ふ》く風《かぜ》と波《なみ》とは思《おも》ふ同士《どち》にやあるらむ

[一三]言《い》ふ甲斐無《かひな》き者《もの》の言《い》へるには、いと似《に》つかはし。

十六日。[一四]風波止《かぜなみや》まねば、なほ、同《おな》じ所《ところ》に泊《とま》れり。ただ、海《うみ》に波《なみ》[一五]無《な》くして、〈いつしか[一六]「御崎《みさき》」といふ所渡《ところわた》らむ〉とのみなむ思《おも》ふ。風波《かぜなみ》、[一七]頓《とに》に止《や》むべくもあらず。ある人《ひと》

一　船中の主君。前国守（貫之）。二　精進潔斎。毎月の斎日は、八・十四・十五・二十三・二十九・三十。三　正午に。精進は午前中のみ。四　代金として支払って。五　精進落ちをされた。「られ」、尊敬。六　楫取の魚と米との物々交換がその後もあったとする記述で、一四日以後の出来事。日次（原則）における、時間の混乱。七　与える。くれてやる。八　十四日と対の発想。節忌と小豆粥共に晴の日で、どちらも「口惜しさ」がモティーフ。九　小豆粥を食べることで一年の邪気を払う習俗。小豆がないのでできない。一〇　天候が悪いので、膝を摺って進むくらい、船脚が遅い。一一　門出以来、二四日経過。進まぬ旅程への焦燥。一二「詠む」歌に対して、「言う」歌は「直叙性の強い実情歌」（渡辺秀夫）。一三　風と波を「思い合う仲」と擬人化する発想は、取るに足らぬ幼少の者ならではのもの。一四　十五日と対の発想。ともに船旅の日数の経過を記し、「風と波」がモティーフの歌も、女童に対して大人の「ある人」。一五　漢文訓読口調。一六　高知県安芸郡室戸岬。航海の難所。一七　急に。すぐに。

の、この波立《なみた》つを見《み》て詠《よ》める歌《うた》、

19 一八霜《しも》だにも置《お》かぬ方《かた》ぞと言《い》ふなれど波《なみ》の中《なか》には雪《ゆき》ぞ降《ふ》りける

さて、一九船《ふね》に乗《の》りし日《ひ》より今日《けふ》までに、二十日《はつか》あまり五日《いつか》になりにけり。

十七日。曇《くも》れる雲《くも》なくなりて、二〇暁月夜《あかつきづくよ》いともおもしろければ、船《ふね》を出《い》だして漕《こ》ぎ行《ゆ》く。

この間《あひだ》に、雲《くも》の上《うへ》も海《うみ》の底《そこ》も、二一同《おな》じ如《ごと》くになむありける。二二むべも二三昔《むかし》の男《をとこ》は、二四「棹《さを》は穿《うが》つ波《なみ》の上《うへ》の月《つき》を、船《ふね》は圧《おそ》ふ海《うみ》の中《うち》の空《そら》を」とは言《い》ひけむ。二五聞《き》き戯《さ》れに聞《き》けるなり。また、ある人《ひと》の詠《よ》める歌《うた》、

20 二六水底《みなそこ》の月《つき》の上《うへ》より漕《こ》ぐ船《ふね》の棹《さを》に触《さは》るは桂《かつら》なるらし

これを聞《き》きて、二七ある人《ひと》のまた詠《よ》める、

21 二八影見《かげみ》れば波《なみ》の底《そこ》なるひさかたの空漕《そらこ》ぎ渡《わた》る我《われ》ぞ侘《わ》びしき

一八　白氏文集・一六「誰カ云フ南国霜雪無シト、尽（ことごと）ク愁人ノ鬢髪ノ間ニ在リ」の詩句に拠る。和歌は、白波を雪に見立てる。　一九　一二月二一日。遅々として進まぬ旅程への焦燥。　二〇　夜明けの空の月。　二一　鏡のような海面に空が映って、相似的な風景が見える。　二二　なるほど。　二三　中唐の詩人賈島（かとう・七七九〜八四三）。「推敲」の語の故事で著名。　二四　原詩『詩人玉屑（ぎょくせつ）』巻一五、「棹ハ穿（うが）ツ波ノ底ノ月ヲ、舡（ふね）ハ圧（おそ）フ水ノ中ノ天ヲ」。改変されている。　二五　聞きかじりに。書き手は女性なので。　二六　賈島の詩の前半に拠る。月には桂の木が生えているという中国の故事。　二七　どちらも、前国守（貫之）の作を暗示しながら、別人として韜晦。→補注　二八　「侘びし」の語を用いることで、大自然に対比される人間のはかなさを表現し、原詩を超越する（大岡信）。

かく言《い》ふ間《あひだ》に、夜《よ》やうやく明《あ》けゆくに、楫取《かぢとり》ら、「黒《くろ》き雲《くも》、俄《には》かに出《い》で来《き》ぬ。風吹《かぜふ》きぬべし。一御船返《みふねかへ》してむ」と言《い》ひて、二船返《ふねかへ》る。この間《あひだ》に、雨降《あめふ》りぬ。いと侘《わ》びし。

十八日。三なほ、四同《おな》じ所《ところ》にあり。海荒《うみあら》ければ、船出《ふねい》ださず。この泊《とまり》、五遠《とほ》く見《み》れども近《ちか》く見《み》れども、いとおもしろし。かかれども六苦《くる》しければ、何事《なにごと》も思《おも》ほへ（え）ず。男同士《をとこどち》は、七心遣《こゝろや》りにやあらむ、漢詩《からうた》など言《い》ふべし。船《ふね》も出《い》ださで、徒《いたづ》らなれば、ある人《ひと》の詠《よ》める、

22 八磯《いそ》ふりの寄《よ》する磯《いそ》には*年月《としつき》をいつとも分《わ》かぬ雪《ゆき》のみぞ降《ふ》る

この歌《うた》は、九常《つね》にせぬ人《ひと》の言《こと》なり。また、人《ひと》の詠《よ》める、

23 風《かぜ》に寄《よ》る波《なみ》の磯《いそ》には鶯《うぐひす》も春《はる》も知《し》らぬ一〇花《はな》のみぞ咲《さ》く

この歌《うた》どもを、一一〈少《すこ》しよろし〉と聞《き》きて、一二*船《ふね》の長《をさ》しける翁《おきな》、一三月日頃《つきひごろ》の苦《くる》しき心遣《こゝろや》りに詠《よ》める、

**一**　お船を返してしまおう。　**二**　十六日「風波止まねば…」の記事を受け、本日天候の回復「曇れる雲なくなりて…」により船出するが、結局天候の再悪化により元の港に戻る。　**三**　十七日の「暁月夜いとおもしろければ」に対して、十八日は昼間「遠くみれども近く見れども、いとおもしろし」の対。　**四**　室津。　**五**　既に逗留した場所に対して感心した書きぶりは不自然で、非室津説の根拠にされるが、長逗留となり改めて周囲を見渡した時の感懐ともいえる（新全集）。　**六**　旅程がはかどらず辛いので。　**七**　「心遣り」は、憂さ晴らし。女の書き手の視点から。

**八**　磯に打ち寄せる荒波。

**＊年月を**―としつきも（底）―年月を（定）―としつきを（日・宮・三）―とし月を（近）

**九**　歌を詠みつけない人の歌。　**一〇**　白波を白梅に見立てる。　**一一**　まずまずの出来。「よし」は「良」、「よろし」は「可」。　**一二**　前国守（貫之）。前守呼称と「船の長しける翁」・「船君」呼称とは同一人物でありながら、「前者は詠歌に勝れ、後者はそうではない違いがある」（新全集）。　**一三**　「月頃日頃」の略。

**＊船の**―ふね（底）―舟の（定・近）―ふねの（日・宮・三）

24 立《た》つ波《なみ》を雪《ゆき》か花《はな》かと吹《ふ》く風《かぜ》ぞ寄《よ》せつゝ人《ひと》を[一四]謀《はか》るべらなる

この歌《うた》どもを、[一五]人《ひと》の「何《なに》か」と言《い》ふを、ある人聞《ひとき》き耽《ふけ》りて詠《よ》めり。その歌《うた》、詠《よ》める文字《もじ》、[一六]三十文字《みそもじ》あまり七文字《なゝもじ》。人《ひと》みな、[一七]えあらで笑《わら》ふやうなり。歌主《うたぬし》、いと気色悪《けしきあ》しくて[一八]怨《ゑ》ず。[一九]真《ま》似《ね》べども、え真似《まね》ばず。書《か》けりとも、え読《よ》み据《す》ゑ難《がた》かるべし。[二〇]今日《けふ》だに言《い》ひ難《がた》し。まして、後《のち》にはいかならむ。

**十九日。**[二一]日《ひ》[二二]悪《あ》しければ、船出《ふねい》ださず。

**廿日。**[二三]昨日《きのふ》のやうなれば、船出《ふねい》ださず。皆人《みなひと》ぐ[二四]憂《うれ》へ嘆《なげ》く。苦《る》しく心許無《こゝろもとな》ければ、ただ、日《ひ》の経《へ》ぬる数《かず》を、「今日幾日《けふいくか》、二十《はつ》日《か》、三十日《みそか》と」数《かぞ》ふれば、[二五]指《および》も損《そこな》はれぬべし。いと侘《わび》し。夜《よる》は寝《い》も寝《ね》ず。

廿日《はつか》の夜《よ》の月出《つきい》でにけり。[二六]山《やま》の端《は》も無《な》くて、海《うみ》の中《なか》よりぞ出《い》で来《く》る。かうやうなるを見《み》てや、昔《むかし》、[二七]「阿倍《あべ》の仲麻呂《なかまろ》」と

一四　騙しているようだ。　一五　人々が何だかだと批評するのを。　一六　短歌定型からの大幅な逸脱。　一七　黙認できず嘲笑する始末である。　一八　「ゑんず」の撥音無表記。恨み言を言う。　一九　字余りの下手な歌すぎて。

二〇　只今でさえも、再現し難い。

二一　十八日「海荒ければ、船出さず」と対。

二二　天候が悪いので。　二三　十九日「日悪しければ」と類似理由で「船出さず」と、対。十三日からの室津滞留の締め括り。一説に凶会日。（全注釈）　二四　心配し、溜息をつく。出航できないことの不安。　二五　「およひ」は、指の俗語。指折り数え焦燥感に、指まで傷めてしまいそうだ。　二六　山の稜線も無くて。東の山に遮蔽、月は見えない（竹村義一）。後文の故事と照応させるための虚構（全注釈）。↓補注　二七　霊亀二年（七一六）留学生として渡唐、玄宗皇帝に仕える。天平勝宝五年（七五三）帰国の途中遭難し、再び唐に戻り、宝亀元年（七七〇）、彼の地で没す。在唐五四年。

いひける人《ひと》は、唐土《もろこし》に渡《わた》りて、帰《かへ》り*来《き》ける時《とき》に、[一]船《ふね》に乗《の》るべき所《ところ》にて、かの*国人《くにひと》、馬《むま》の鼻向《はなむ》けし、別《わか》れを惜《を》しみて、彼処《かしこ》の漢詩作《からうたつく》りなどしける。[二]飽《あ》かずやありけむ、廿日《はつか》の夜《よ》の月出《つきい》づるまでぞありける。その月《つき》は海《うみ》よりぞ出《い》でける。これを見《み》てぞ、仲麻呂《なかまろ》の[三]主《ぬし》、[四]「我《わ》が国《くに》にかかる歌《うた》をなむ、神代《かみよ》より神《かみ》も詠《よ》ん給《た》び、今《いま》は上中下《かみなかしも》の人《ひと》も、かうやうに別《わか》れを惜《を》しみ、喜《よろこ》びもあり、悲《かな》しびもある時《とき》には詠《よ》む」とて、詠《よ》めりける歌《うた》、

25 [五]青海原《あをうなばら》振《ふ》り放《さ》け見《み》れば春日《かすが》なる三笠《みかさ》の山《やま》に出《い》でし月《つき》かも

とぞ詠《よ》めりける。かの国人《くにひと》、聞《き》き知《し》るまじく思《おも》ほへ(え)たれども、言《こと》の心《こゝろ》を、[六]男文字《をとこもじ》に様《さま》を書《か》き出《い》だして、[七]ここの言葉伝《ことばつた》へたる人《ひと》に言《い》ひ知《し》らせければ、[八]心《こゝろ》をや聞《き》き得《え》たりけむ、いと思《おも》ひの外《ほか》になむ賞《め》でける。[九]唐土《もろこし》とこの国《くに》とは、言異《ことこと》なるものなれど、月《つき》の影《かげ》は同《おな》じ事《こと》なるべければ、人《ひと》の心《こゝろ》も同《おな》じ事《こと》にやあらむ。さて、今《いま》、当時《そのかみ》を思《おも》ひ遣《や》りて、ある人《ひと》の詠《よ》める歌《うた》、

26 [一〇]都《みやこ》にて山《やま》の端《は》に見《み》し月《つき》なれど波《なみ》より出《い》でて波《なみ》にこそ入《い》れ

*来ける—きにける(底) —きける(定・日・宮・近・三)
一 古今集・巻九・羈旅歌・四〇六の左注は、「明州」とするが、「蘇州」が正しい。
*国人—くにのひと(底) —くに人(定) —くにひと(日・宮・三) —国人(近)
二 草子地。名残惜しく思ったのであろうか。
三 敬称。親しみを込めて「…さん」。
四 古今集・仮名序参照。 五 古今集・新撰和歌、初句「天の原」。この場の状況に応じて改変。望郷の思い。 六 漢字。 七 通訳。 八 草子地。意味を理解したのであろうか。 九 草子地。唐と日本とはことばは異なるが、月の光は同じことなのであるから、人の心も同じことであろう。 一〇 後撰集・巻一九・羈旅歌・一三五五(一三五六)・貫之、下句「海より出て海にこそ入れ」。

廿一日。一一卯《う》の刻《とき》ばかりに船出《ふねい》だす。一二皆人々《みなひと〴〵》の*船出《ふねい》づ。これを見《み》れば、一三春《はる》の海《うみ》に秋《あき》の木《こ》の葉《は》しも散《ち》れるやうにぞありける。一四朧《おぼろ》けの願《(ぐわん)》によりてにやあらむ、風《かぜ》も吹《ふ》かず、好《よ》き日《ひ》出《い》で来《き》て、漕《こ》ぎ行《ゆ》く。

この間《あひだ》に、「使《つか》はれむ」とて、付《つ》きて来《く》る童《わらは》あり。それが歌《うた》ふ船唄《、なうた》、

27 一五なほこそ国《くに》の方《かた》は見遣《みや》ら一六るれ、わが父母《ち、は、》ありとし思《おも》へば。
　*帰《かへ》らや。

と歌《うた》ふぞあはれなる。

かく歌《うた》ふを聞《き》きつつ漕《こ》ぎ来《く》るに、一七「黒鳥《くろとり》」といふ鳥《とり》、岩《いは》の上《うへ》に集《あつ》まり居《を》り。その岩《いは》の下《もと》に、波白《なみしろ》く打《う》ち寄《よ》す。楫取《かぢとり》の言《い》ふやう、「黒鳥《くろとり》の下《もと》に、白《しろ》き波《なみ》を寄《よ》す」とぞ言《い》ふ。この言葉《ことば》、何《なに》とにはなけれども、一八物言《、のい》ふやうにぞ聞《き》こえたる。一九人《ひと》の程《ほど》に合《あ》はねば、咎《とが》むるなり。

一一　午前六時頃。　一二　室津港停泊のすべての船が。
*船出づ―ふいつ（底「ね字落歟」と傍書）―ふねいつ（定）
一三　船を木の葉に喩して、春秋の対照。
一四　通常「朧けならぬ」と打消しの表現で、並々ではない願。　一五　やはり、国＝故郷の方を振り返り見てしまうことだ。室戸岬を回ることで、また一つ境界を越える。望郷の念。京を目指す一行とは対極の意識。
*帰らや―かへらはや（底）―かへらや（定・日・宮・近・三）
一六　自発の助動詞「る」の已然形、「思わず…してしまう」。　一七　黒い水鳥。黒鴨か。
一八　詩文や和歌のことばを言うように聞こえたのである。↓補注　一九　楫取という分際に相応しくないので、聞き咎めたのである。

かく言《い》ひつつ行《ゆ》くに、[一]船君《ふなぎみ》なる人、[二]波《なみ》を見《み》て、[三]国《くに》より始《はじ》めて、[四]〈海賊報《かいぞくむく(い)》ゐせむ〉、[五]といふなることを思《おも》ふ上《うへ》に、海《うみ》のまた恐《おそ》ろしければ、頭《かしら》もみな白《しら》けぬ。七十歳《なそぢ》、八十歳《やそぢ》は、海《うみ》にあるものなりけり。

28 [六]わが髪《み》の雪《ゆき》と磯辺《いそべ》の白波《しらなみ》と何《いづ》れ勝《ま》されり沖《おき》つ島守《しまもり》

[七]楫取《かぢとり》、言《い》へ。

廿二日。[八]昨夜《よんべ》の泊《とまり》より、[九]異泊《こと、まり》を追《お》ひて行《ゆ》く。遥《はる》かに山見《やまみ》ゆ。[一〇]年齢《としこ、の》九つばかりなる男《を》の童《わらは》、年齢《とし》よりは幼《をさな》くぞある。この童《わらは》、船《ふね》を漕《こ》ぐまにまに〈山《やま》も行《ゆ》く〉と見《み》ゆるを見《み》て、[一一]奇《あや》しき事《こと》、歌《うた》をぞ詠《よ》める。その歌《うた》、

29 漕《こ》ぎて行《ゆ》く船《ふね》にて見《み》ればあしひきの[一二]山《やま》さへ行《ゆ》くを松《まつ》は知《し》らずや

とぞ言《い》へる。[一三]幼《をさな》き童《わらは》の言《こと》にては、似《に》つかはし。今日《けふ》、海荒《うみあら》げにて、[一四]磯《いそ》に雪降《ゆきふ》り、波《なみ》の花咲《はなさ》けり。ある人《ひと》の

一　前国守（貫之）。　二　波の白さから海賊の異称の「白波」を連想し、また心労による頭髪の「白髪」を連想する。　三　任国を出て以来。なお、「国より始めて…」から「…楫取、言へ」までは、船君が直接の発話者。船君の地の文における一人称叙述（独白）であり、いわゆる「自由直接言説」である。↓補注　四　海賊が報復してくるだろう。　五　という風評を気にする上に。　六　一六日引用の白氏文集・一六「尽（ことごと）ク愁人ノ鬢髪ノ間ニ在リ」の詩句を踏まえる。「沖つ島守」は、万葉以来の歌語。沖にある島の守護神。　七　船君の独白なので、楫取には音声として聞こえない。　八　昨夜泊った港。高知県安芸郡東洋町の野根港か。　九　別の港。徳島県海部郡美波町日和佐の港か。　一〇　年齢と「男」という性が明記された童は、ここだけ。前日の「七十歳、八十歳」を受けて、七・八・九という言語遊戯か（新大系）。　一一　不思議な事に。　一二　船だけでなく、山さえも動いて行くのを。　一三　童の歌を評価することばとしては、十五日の「女の童」の「言ふ甲斐無き者の言へるには、似つかはし」と類似。　一四　白波を雪と花に見立てた。

詠《よ》める、

30　二五波《なみ》とのみ一《ひと》つに聞《き》けど色見《いろみ》れば雪《ゆき》と花《はな》とに紛《まが》ひけるかな

廿三日。二六日照《ひて》りて、曇《くも》りぬ。「この辺《わた》り、二七海賊《かいぞく》の恐《おそ》りあり」と言《い》へば、神仏《かみほとけ》を祈《いの》る。

廿四日。二八昨日《きのふ》の同《おな》じ所《ところ》なり。

廿五日。楫取《かぢとり》らの、二九「北風《きたかぜ》悪《あ》し」と言《い》へば、船出《ふねい》ださず。「海《かい》賊《ぞく》追《お》ひ来《く》」と言《い》ふ事《こと》、絶《た》えず聞《き》こゆ。

廿六日。まことにやあらむ、「海賊追《かいぞくお》ふ」と言《い》へば、夜中《よなか》ばかりより船《ふね》を出《い》だして三〇漕《こ》ぎ来《く》る途《みち》に、三一手向《たむけ》する所《ところ》あり。三二楫取《かぢとり》して三三幣奉《ぬさたいまつ》らするに、幣《ぬさ》の東《ひむがし》へ散《ち》れば、楫取《かぢとり》の申《まう》して奉《たてまつ》る言《こと》は、「この幣《ぬさ》の散《ち》る方《かた》に、御船《みふね》三四すみやかに漕《こ》がしめ給《たま》へ」

二五　聴覚と視覚を対照し、「なみ」という一つの音を、白い色から雪と花と二つ複数に見紛うと歌う。　二六　晴れのち曇り。　二七　卅日まで、海賊を恐れる感情で航海が進められる。→補注　二八　「昨日の」は、「昨日の所と」の約。同じような言いまわしになることを避けている。　二九　四国沿岸を進む船に対し「北風」は斜め前方から吹き、船を外洋に押し流す危険があるので。　三〇　「漕ぎ来る。途に手向する所あり」（新全集）という解釈もある。　三一　航路の安全を祈り、道の神に幣を捧げる所。交通の要所。蒲生田岬付近か。徳島県海部郡由岐町の鹿の首岬（全注釈）とも。　三二　使役。楫取に命じて。　三三　「幣」は神への捧げ物で、麻・木綿・帛・紙で作る。「たいまつる」は、「たてまつる」のイ音便で、くだけた口調。　三四　漢文訓読語。和文ならば、「とく」「はやう」。

と申《まう》して奉《たてまつ》る。これを聞《き》きて、ある女《め》の童《わらは》の詠《よ》める、

31 わたつみの[一]道触《ちぶ》りの神《かみ》に手向《たむ》けする幣《ぬさ》の追風《おひかぜ》止《や》まず吹《ふ》かなむ

とぞ詠《よ》める。

この間《あひだ》に、*風《かぜ》のよければ、楫取《かぢとり》いたく誇《ほこ》りて、船《ふね》に帆《ほ》上《あ》げなど喜《よろこ》ぶ。その音《おと》を聞《き》きて、童《わらは》も嫗《おむな》も、[二]〈いつしか〉とし思《おも》へばにやあらむ、いたく喜《よろこ》ぶ。この中《なか》に、[三]「淡路《あはぢ》の専女《たうめ》」といふ人《ひと》の詠《よ》める歌《うた》、

32 [四]追風《おひかぜ》の吹《ふ》きぬる時《とき》は行《ゆ》く船《ふね》の[五]帆手《ほて》打《う》ちてこそ嬉《うれ》しかりけれ

とぞ。

[六]天気《ていけ》のことにつけつつ祈《いの》る。

**廿七日**。風吹《かぜふ》き、波荒《なみあら》ければ、船出《ふねい》ださず。此《こ》れ彼《か》れ、[七]かしこく嘆《なげ》く。男《をとこ》たちの心慰《こころなぐさ》めに、漢詩《からうた》に、

**一**　航路安全の神。
***風の**―かせ（底）―風の（定・日・近・三）―かせの（宮）
**二**　草子地。早く都へ帰りたいと思うからだろうか。　**三**　伝未詳。淡路島出身の老女。
**↓補注**　**四**　女の童の歌を受ける。　**五**「帆手」は、船の左右に付けた張り綱。船を擬人化し、帆手が風に鳴る様を人が喜んで手を打つ姿に見立てる。　**六**（楫取は何かと）天候に託けては祈っている。　**七**　幾度となく溜息をつく。前日の童・嫗が「いたく喜ぶ」のと対。

八「日《ひ》を望《のぞ》めば、都遠《みやことほ》し」などいふなる言《こと》の様《さま》を聞《き》きて、ある女《をむな》の詠《よ》める歌《うた》、

33 日《ひ》をだにも天雲近《あまぐもちか》く見《み》るものを都《みやこ》へと思《おも》ふ道《みち》の遥《はる》けさ

また、ある人《ひと》の詠《よ》める、

34 吹《ふ》く風《かぜ》の絶《(え)》へぬ限《かぎ》りし一〇立《た》ち来《く》れば波路《なみぢ》はいとど遥《はる》けかりけり

日一日《ひひとひ》、風止《かぜや》まず。一一爪弾《つまはじ》きして寝《ね》ぬ。

廿八日。一二夜《よ》もすがら、雨止《あめや》まず。一三今朝《けさ》も。

廿九日。船出《ふねい》だして行《ゆ》く。うらうらと照《て》りて、漕《こ》ぎ行《ゆ》く。爪《つめ》のいと長《なが》くなりにたるを見《み》て、*一四日《ひ》を数《かぞ》ふれば、今日《けふ》は一五子日《(ねのひ)》なりければ、一六切《き》らず。

正月《むつき》なれば、京《(きやう)》の子《ね》の日《ひ》のこと言《い》ひ出《い》でて、一七「小松《こまつ》もがな」

八　遥かな太陽は目に見えるのに、より近い都は遠くて見えない。→補注　九「なる」は、伝聞。書き手の女性の視点。典拠の詩のあらましを聞いて。　一〇　波は立って来るので。　一一　親指の腹に中指の爪先をあてて弾き音を出すこと。元来、密教の魔除けの行法、弾指（タンジ）。物事がうまくいかない時や、人を疎んだり憎んだりする時のしぐさだが、ここでは風の退散を願って。　一二　一晩中。「夜」は、廿七日の夜。　一三　今朝も雨止まず。「今朝」は、廿八日。　一四　十干と十二支を組み合わせて日を数える方法。

*日を―ひとを（底、「と」の字、薄紙を貼り伏せる）―ひとを（日・近）―日を（定）―ひを（宮・三）

一五　正月初子の日には野に出て、小松を引いて千代を祝い、若菜を摘み遊宴をした。　一六『九条殿御遺誡』（藤原師輔）は、手の爪を丑の日、足の爪を寅の日に切ることを吉とする。この翌日が丑の日。爪の話題は、前日からの連想。　一七　小松があったならなあ。「もがな」は、願望の終助詞。

と言《い》へど、海中《うみなか》なれば、難《かた》しかし。ある女《をむな》の書《か》きて出《い》だせる歌《うた》、

35 おぼつかな今日《けふ》は子《ね》の日《ひ》か海人《あま》ならば[一]海松《うみまつ》をだに引《ひ》かましものを

とぞ言《い》へる。[二]海《うみ》にて子日《(ねのひ)》の歌《うた》にては、如何《いかゞ》あらむ。また、ある人《ひと》の詠《よ》める歌《うた》、

36 今日《けふ》なれど若菜《わかな》も摘《つ》まず[三]春日野《かすがの》のわが漕《こ》ぎ渡《わた》る浦《うら》になければ

かく言《い》ひつつ漕《こ》ぎ行《ゆ》く。おもしろき所《ところ》に船《ふね》を寄《よ》せて、「此処《こゝ》や*[四]いどこ」と問《と》ひければ、[五]「土佐《とさ》の泊《とまり》」と言《い》ひけり。昔《むかし》、[六]「土左《とさ》」と言《い》ひける所《ところ》に住《す》みける女《をむな》、この船《ふね》に交《まじ》れりけり。[七]そが言《い》ひけらく、「昔《むかし》、暫《しば》しありし所《ところ》の[八]なくひにぞあなる。あはれ」と言《い》ひて、詠《よ》める歌《うた》、

37 年頃《としごろ》を住《す》みし所《ところ》の名《な》にし負《お》へば来寄《きよ》る波《なみ》をもあはれとぞ見《み》る

一　小松の代りに、海松を引くのになあ。「うみまつ」は、海藻の「みる」で、その字面から、「小松」ならぬ「海の松」を引くという言語遊戯。　二　そもそも海上で「子の日の歌」という題で詠んだみたところで、どうであろうかふさわしいはずがない。　三　子の日の若菜摘みで著名。古今集・巻一・春歌上・二二・貫之「春日野の若菜摘みにや白妙の袖ふりはへて人の行くらむ」。　四　「いづこ」に同じ。後世「どこ」の語となる、漢文訓読語（新全集）

＊いどこ―いつこ（底）―いつこ（定）―いとこ（日・近・宮・三）

五　徳島県鳴門市大毛島。　六　本書名『土左日記』と一致する地名、「土左」が唯一用いられている箇所。ただし、一行の出発の地点が「土左」であるとは、作中には一切記されていない。　七　「いひけらく…いひて」は、漢文訓読法。その人が言うことには。　八　「なくひ」は、古来難解の語。底本、他の諸本ともすべて「なくひ」。文脈から「同類」の意の「たぐひ」から類推し、「名類（なたぐひ）」の意と考え、その「た」が脱落したもので、「名に通う所」と理解しておく。「あなる」は、「あんなる」の撥音無表記。

とぞ言《い》へる。

卅日。雨風《あめかぜ》吹《ふ》かず。「九海賊《かいぞく》は夜歩《よるある》きせざなり」と聞《き》きて、夜中《よなか》ばかりに船《ふね》を出《い》だして、一〇阿波《あは》の水門《みと》を渡《わた》る。夜中《よなか》なれば、西《にし》東《ひむがし》も見《み》へ《(え)》ず。男女《をとこをむな》、辛《から》く神仏《かみほとけ》を祈《いの》りて、この水門《みと》を渡《わた》りぬ。一一寅卯《とらう》の刻《とき》ばかりに、一二「沼島《ぬしま》」といふ所《ところ》を過《す》ぎて、一三「多《た》奈川《なかは》」といふ所《ところ》を渡《わた》る。辛《から》く急《いそ》ぎて、一四「和泉《いづみ》の灘《なだ》」といふ所《ところ》に到《いた》りぬ。

一五今日《けふ》、海《うみ》に波《なみ》に似たるものなし。一六神仏《かみほとけ》の恵《めぐ》み蒙《かうぶ》れるに似《に》たり。今日《けふ》、船《ふね》に乗《の》りし日《ひ》より数《かぞ》ふれば、三十日《みそか》あまり九日《こゝぬか》になりにけり。一七今《いま》は和泉《いづみ》の国《くに》に来《き》ぬれば、海賊《かいぞく》ものならず。

二月一日《きさらぎついたち》。朝《あした》の間《ま》、雨降《あめふ》る。一八午刻《むまとき》ばかりに止《や》みぬれば、一九「和泉《いづみ》の灘《なだ》」といふ所《ところ》より出《い》でて、漕《こ》ぎ行《ゆ》く。海《うみ》の上《うへ》、昨日《きのふ》の如《ごと》くに、風波《かぜなみ》見《み》えず。

九　海賊が夜間活動をしないなどという俗説には、特に根拠があるものではない。「せざなり」は、「せざんなり」の撥音無表記。一〇　鳴門海峡。「水門」は、海峡のこと。一一　午前五時頃。一二　兵庫県三原郡南淡町沼島。一三　大阪府泉南郡岬町多奈川、谷川港か。一四　「なだ」に比定する地名無く特定困難なので、大阪府泉南郡の海浜に沿う広い海域（集成）と理解しておく。一五　「似たるものなし」（否定）と「似たり」（肯定）の二つの文を対で用い、言語遊戯。訓読的用法。一六　前の「男女、辛く神仏を祈りて」の記述と照応。一七　十二月廿二日「和泉の国まで…」と照応。内海の安全な領野に入り込んだという安心感。一八　正午。一九　海上での停泊か（新全集）。

一黒崎《くろさき》の松原《まつばら》を経《へ》て行《ゆ》く。所《ところ》の名《な》は黒《くろ》く、松《まつ》の色《いろ》は青《あを》く、磯《いそ》の波《なみ》は雪《ゆき》の如《ごと》くに、貝《かひ》の色《いろ》は二蘇芳《すはう》に、三五色《（ごしき）》にいま一色《ひといろ》ぞ足《た》らぬ。

　この間《あひだ》に、今日《けふ》は四「箱《こ》の浦《うら》」といふ所《ところ》より、五綱手《つなで》曳《ひ》きて行《ゆ》く。かく行《ゆ》く間《あひだ》に、ある人《ひと》の詠《よ》める歌《うた》、

38　六玉《たま》くしげ箱《はこ》の浦波《うらなみ》立《た》たぬ日《ひ》は海《うみ》を鏡《かゞみ》と誰《たれ》か見《み》ざらむ

また、船君《ふなぎみ》の言《い》はく、七「この月《つき》までなりぬること」と嘆《なげ》きて、八苦《くる》しきに堪《た》へずして、九「人《ひと》も言《い》ふこと」とて、一〇心《こゝろ》やりに言《い》へる、

39　一一曳《ひ》く船《ふね》の*綱手《つなで》の長《なが》き春《はる》の日《ひ》を四十日《よそか》五十日《いか》まで我《われ》は経《へ》にけり

聞《き》く人《ひと》の思《おも》へるやう、一二「なぞ、*徒言《たゞごと》なる」と、密《ひそ》かに言《い》ふべし。「船君《ふなぎみ》の辛《から》く捻《ひね》り出《い》だして、一三〈良《よ》し〉、と思《おも》へる言《こと》を。一四怨《ゑ》じもこそし給《た》べ」とて、一五つつめきて止《や》みぬ。

俄《には》かに風波高《かぜなみたか》ければ、一六留《とゞ》まりぬ。

一　大阪府泉南郡岬町付近の松原に比定。二　紫がかった赤色。三　五色は、青・黄・赤・白・黒。ここで足りない。四　大阪府阪南市箱の浦。五　浅瀬や川などで、陸から船を綱で曳き進むこと。六「箱」を起こす枕詞。海を鏡のようだと誰が見ないことだろうか。「か」は反語。「鏡」は「箱」の縁語。七「この月」は、二月。予定の大幅な狂いを嘆くことば。未だ京に帰りつかない。八　通説は「苦しきに堪へずして」を地の文とするが、ここから船君の内話文（＝心中思惟）とみる説（集成）もある。九　他の人も歌を詠むことだから。一〇　歌は「心やり」に詠むものとする思想は、作中随所にみられる。一一「曳く船の綱手の」は、「長き」の序詞。四十日も五十日も自分は過ごしてしまった。実際は四十日であり、「五十日」は誇張的な修辞。

*綱手の―つなでや（底）―つなでの（定・日・宮・近・三）

*徒言なる」と―たゝことなる（底）―たたことなると（定・日・近・三）

一二　なんとまあ、凡庸な歌だこと。一三　良いと思った歌を。一四（批判を）お恨みなさるといけない。「もこそ」は、懸念を現わ

二日《（ふつか）》。雨風《あめかぜ》止《や》まず。日一日《ひゝとひ》、夜《よ》もすがら、神仏《かみほとけ》を祈《いの》る。

三日《（みか）》。海《うみ》の上《うへ》、昨日《きのふ》のやうなれば、船《ふね》出《い》ださず。*風《かぜ》の吹《ふ》く事《こと》止《や》まねば、一七岸《きし》の波《なみ》立《た》ち返《かへ》る。これにつけて詠《よ》める歌《うた》、

　40 麻《を》を縒《よ》りて甲斐《かひ》無《な》きものは落《お》ち積《つ》もる一八涙《なみだ》の珠《たま》を貫《ぬ》かぬなりけり

かくて、今日《けふ》暮《く》れぬ。

四日《（よか）》。楫取《かぢとり》、「今日《けふ》、風雲《かぜくも》の気色《けしき》一九はなはだ悪《あ》し」と言《い》ひて、船《ふね》出《い》ださずなりぬ。二〇然《しか》れども、ひねもすに波風《なみかぜ》立《た》た《ゝ》ず。この楫《かぢ》取《とり》は、二一日《ひ》もえ計《はか》らぬ乞丐《かたゐ》なりけり。

この泊《とまり》の浜《はま》には、種々《くさぐさ》の二二美《うる》わしき貝《かひ》、石《いし》など多《おほ》かり。かか《ゝ》れば、ただ《ゞ》二三昔《むかし》の人《ひと》をのみ恋《こ》ひつつ《ゝ》、船《ふね》なる人《ひと》の詠《よ》める、

す。　一五　ひそひそと言う。「詢　ツツメク」（観智院本類聚名義抄）。　一六　大阪府泉佐野市か貝塚あたりか（新大系）、男里川の河口の男津港か（村瀬敏夫）。二月五日まで、ここに滞留。

**＊風の**―かせ（底）―風の（定・近・三）―かせの（日・宮）

一七　「いとどしく過ぎ行く方の恋しきにうらやましくも帰る波かな」（伊勢物語・七段）を踏まえ、望京の念。

一八　涙の珠は、麻糸を縒った緒では貫き止めることはできない。なお、この涙は伊勢物語・七段が引用されていることにより、望京の涙である。　一九　漢文訓読語。和語ならば「いと」、「いたく」。　二〇　漢文訓読語。和語ならば「されど」、「さりとも」。　二一　天気も予測できない愚か者。「かたゐ」は「片居」で、集団から離れている者。乞食非人、転じて人を罵る語。日頃から気に障る楫取に、滞留の鬱積をぶつけている。　二二　仮名表記としては「うるはしき」が正しいようだが、平安初期の金光明最勝王経の訓点に「ウルワシキ」の例があるので、底本のままとする。

二三　任国で亡くした女の子。

41 寄《よ》する波《なみ》打ちも寄《よ》せなむ[一]わが恋《こ》ふる人忘《ひとわす》れ貝《がひ》下《お》りて拾《ひろ》はむ

と言《い》へれば、ある人《ひと》の堪《た》へずして、船《ふね》の心遣《こゝろや》りに詠《よ》める、

42 [二]忘《わす》れ貝《がひ》拾《ひろ》ひしもせじ[三]白玉《しらたま》を恋《こ》ふるをだにも形見《かたみ》と思《おも》はむ

となむ言《い》へる。女子《をむなご》のためには、親《おや》[四]幼《をさな》くなりぬべし。「[五]玉《たま》ならずもありけむを」と人言《ひとい》はむや。されども、「[六]死《し》し子《こ》、顔良《かほよ》かりき」と言《い》ふやうもあり。

なほ、同《おな》じ所《ところ》に、日《ひ》を経《ふ》る事《こと》を嘆《なげ》きて、ある女《をむな》の詠《よ》める歌《うた》、

43 手《て》を漬《ひ》てて寒《さむ》さも知《し》らぬ[七]泉《いづみ》にぞ汲《く》むとはなしに日《ひ》ごろ経《へ》にける

五日《いつか》。今日《けふ》、辛《から》くして和泉《いづみ》の灘《なだ》より、[八]小津《をづ》の泊《とまり》を追《お》ふ。[九]松原《まつばら》、目《め》もはるばるなり。[一〇]此《こ》れ彼《か》れ、苦しければ、詠《よ》める歌《うた》、

44 行《ゆ》けどなほ[一一]行《ゆ》きやられぬは[一二]妹《いも》が積《う》む小津《をづ》の浦《うら》なる岸《きし》の松《まつ》

一 「恋ふる人忘れ」と「忘れ貝」とが掛詞。亡き子を忘れるために、忘れ貝を拾おう。 二 (亡き子を忘れぬために)忘れ貝を拾おうと思わない。 三 愛児を玉に喩える例、万葉集・巻五・雑歌・九〇九(九〇四)・山上憶良「…白玉のわが子古日は…」。 四 分別を失うほど、思考が幼稚になってしまうだろう。「人の親の心は闇にあらねども子を思ふ道に惑ひぬるかな」(藤原兼輔『後撰集』巻一五・雑一・一一〇二(一一〇三))を念頭に置くか(全注釈)。 五 玉と言うほどの子でもなかったろうに。 六 亡くなった子は、器量が良かった。当時の諺か。「死にし子」→「死んじ子」→「死し子」。 七 「泉」に国名の「和泉」を掛け、「漬て」と「汲む」は縁語。 八 大阪府和泉大津市の大津か。 九 松原は、見た目も遥々と続いている。 一〇 誰も彼も、(旅も松原も遥かに続くのが、)やり切れないので。歌を詠むことが「心やり」になるので。 一一 行きつくせないのは。 一二 「小津」の「を(麻)」を起こす枕詞。「積む」と「倦む」は掛詞。

原《ばら》

かく言《い》ひつつ来《く》るほどに、「船疾《ふねと》く漕《こ》げ。日《ひ》の好《よ》きに」と一三催《もよほ》せば、楫取《かぢとり》、船子《ふなこ》どもに一四言《い》はく、一五「御船《みふね》よりおふせ給《た》ぶなり。一六朝北《あさきた》の出《い》で来《こ》ぬ先《さき》に、綱手《つなで》はや曳《ひ》け」と言《い》ふ。一七この言《こと》葉《ば》の歌《うた》の様《やう》なるは、楫取《かぢとり》の自《おの》づからの言葉《ことば》なり。楫取《かぢとり》は、一八うつたへに、〈吾《われ》、歌《うた》のやうなる事言《ことい》ふ〉とにもあらず。聞《き》く人《ひと》の、「奇《あや》しく歌《うた》めきても言《い》ひつるかな」とて、書《か》き出《い》だせれば、げに三十文字《みそもじ》あまりなりけり。「今日《けふ》、波《なみ》な立《た》ちそ」と、人々《ひと〴〵》ひねもすに祈《いの》る験《しるし》ありて、一九風波立《かぜなみた》たず。二〇今《いま》し、鷗群《かもめむ》れ居《ゐ》て遊《あそ》ぶ所《ところ》あり。京《（きやう）》の近《ちか》づく喜《よろこ》びのあまりに、ある童《わらは》の詠《よ》める歌《うた》、

45 二一祈《いの》り来《く》る風間《かざま》と思《も》ふをあやなくも鷗《かもめ》さへだに波《なみ》と見《み》ゆらむ

と言《い》ひて行《ゆ》く間《あひだ》に、「二二*石津《いしづ》」といふ所《ところ》の松原《まつばら》おもしろくて、浜辺《はまべ》遠《とほ》し。

また、二三住吉《すみよし》のわたりを漕《こ》ぎ行《ゆ》く。ある人《ひと》の詠《よ》める歌《うた》、

46 今見《いまみ》てぞ身《み》をば知《し》りぬる二四住《すみ》の江《え》の松《まつ》より先《さき》に我《われ》は経《へ》にけ

一三　船君が催促すると。　一四「いはく…いう」は、漢文訓読法。楫取の威張った態度を表現。　一五　お船から命令が出たぞ。
一六「朝北風」の約。朝の間に吹く北風。
一七 →補注　一八　下に打消しの語を伴って、ことさらに…ない。　一九　二月四日の冒頭、「楫取、「今日、風雲の気色はなはだ悪し」と言ひて、船出ださずなりぬ」と照応。
二〇　漢文訓読語。「いま」、「いましも」に同じ。　二一　風が吹かぬよう祈ってきた、その風の止み間と思っていたのに、妙なことに鷗さえも立つ白波に見えるのだろう。　二二　大阪府堺市浜寺。石津川の河口。
*石津―いしへ（底）―いしへ（日・近・宮）―いしつ（定・三）
二三　大阪市住吉区、住吉大社あたり。
二四　住の江の松は、枕詞として著名。「住の江」は、「住吉」の上代の読み。歌語。「我見ても久しくなりぬ住の江の岸の姫松幾世経ぬらむ」（古今集・巻一七・雑歌上・九〇五・よみ人しらず）を踏まえる。

り

ここに、一昔《むかし》へ人《びと》の母《は》、一日《ひとひ》片時《かたとき》も忘《わす》れねば詠《よ》める、

47 住《すみ》の江《え》に船《ふね》さし寄《よ》せよ二忘《わす》れ草《ぐさ》験《しる》しありやと摘《つ》みて行《ゆ》くべく

となむ。三うつたへに〈*忘《わす》れなむ〉とにはあらで、四〈恋《こひ》しき心《こゝ》地《ち》暫《しば》し休《やす》めて、またも恋《こ》ふる力《ちから》に為《せ》む〉、となるべし。

かく言《い》ひて、五眺《なが》めつつ来る間《あひだ》に、六ゆくりなく風《かぜ》吹《ふ》きて、漕《こ》げども漕げども、七後方《しりへ》退《しぞ》きに退《しぞ》きて、ほとほとしくうち嵌《は》めつべし。楫取《かぢとり》の八言《い》はく、「この住吉《すみよし》の明神（みやうじん）は、九例《れい》の神《かみ》ぞかし。欲《ほ》しき物《もの》ぞおはすらむ」とは、一〇今《いま》めくものか。さて、「幣《ぬさ》を奉《たてまつ》り給《たま》へ」と言《い》ふ。言《い》ふに従《したが》ひて、幣《ぬさ》一一奉《たいまつ》る。かく奉《たいまつ》れども、一二もはら風止《かぜや》まで、一三いや吹《ふ》きに、いや立《た》ちに、風波《かぜなみ》の危《あや》ふければ、楫取《かぢとり》また言《い》はく、「幣《ぬさ》には一四御《み》心《こゝろ》の行《い》かねば、御《み》船《ふね》も行《ゆ》かぬなり。なほ、〈嬉《うれ》し〉と思《おも》ひ給《た》ぶべき物《ものたいまつ》奉り給《た》べ」と言《い》ふ。また、言《い》ふに従《したが》ひて、〈如何《いかゞ》は為《せ》む〉とて、一五「眼《まなこ》も

一　亡き子の母。　二　萱草（かんぞう）のこと。それを摘むと物思いを忘れる。

三　ひたすらに。

*忘れなむ―わすれむ（底）―わすれなむ―（定・日・宮・近・三）

四　恋しいという気持をしばらく休めて、またいずれ恋しく思う力にしよう、というのであろう。　五　亡き子を偲びながら、もの思いにふけりながらやって来る間に。

六　思いがけなく。　七　船は後方に退き退きして、危うく沈めてしまいそうだ。

八　「言はく…言ふ」は、漢文訓読の語法。楫取が一行の長（貫之）に命令口調で臨んでいる様子を示す（新全集）。　九　「例の…」は、既によく知られている物事を示す語。欲深い神で捧げ物を要求し、波を立てる。

一〇　（神すらも賄賂を要求するとは）当世風な事よ。草子地。　一一　「たてまつる」のイ音便。くだけた口調。　一二　（打消しの語を伴って）、一向に。　一三　いよいよ、ますます。　一四　神が満足しない意の「いかぬ」と船が進行しない意の「ゆかぬ」との、楫取の洒落。　一五　（大切な）眼だって二つあるのに、唯一の鏡を。うつほ物語に、「父母、眼（まなこ）だに二つありと思ふほどに」（俊蔭）、

こそ二《ふた》つあれ、ただ一《ひと》つある鏡《かゞみ》を奉《たいまつ》る」とて、海《うみ》にうち嵌《は》めつれば、口惜《くちを》し。されば、一六うちつけに、海《うみ》は鏡《かゞみ》の面《おもて》のごとなりぬれば、ある人《ひと》の詠《よ》める歌《うた》、

48 ちはやぶる神《かみ》の心《こゝろ》を荒《あ》るる海《うみ》に鏡《かゞみ》を入れて一七かつ見《み》つるかな

一八いたく、「住《すみ》の江《え》」、「忘《わす》れ草《ぐさ》」、「岸《きし》の姫松《ひめまつ》」などいふ神《かみ》には、あらずかし。目《め》もうつらうつら、鏡《かゞみ》に神《かみ》の心《こゝろ》をこそは見《み》つれ。一九楫取《かぢとり》の心《こゝろ》は、神《かみ》の御心《みこゝろ》なりけり。

六日《(むゆか)》。二〇澪漂《みをつくし》のもとより出《い》でて、二一難波《なには》に着《つ》きて、河尻《かはじり》に入《い》る。皆人々《みなひと〴〵》、媼《おむな》、翁《おきな》、二二額《ひたひ》に手《て》を当《あ》てて喜《よろこ》ぶこと、二《ふた》つなし。かの船酔《ふなゑひ》の二三淡路《あはぢ》の島《しま》の大《おほ》い御《ご》、「都近《みやこちか》くなりぬ」と言《い》ふを喜《よろこ》びて、船底《ふなぞこ》より頭《かしら》を擡《もたげ》げて、かくぞ言《い》へる。

49 いつしかと二四いぶせかりつる難波潟《なにはがた》葦《あし》漕《こ》ぎ退《そ》けて御船《みふね》来《き》にけり

「眼(め)もこそ二つあれ、ひとところを親、君とも頼み奉るわが子には」(国譲下)と子に用いられているところから、愛児を亡くした思いがほのめくか(集成)。　一六　途端に。突然に。　一七　一方では、(神の欲深い心を)見たことだ。　一八　「いたく」は、後の「あらずかし」と呼応し、「とても……ではない」の意。↓補注　一九　「かがみ(鏡)」から「か字取り(楫取)」をすると、「かみ(神)」となるという謎解き(臼田甚五郎)。↓補注　航海においてはどうあがいてみても楫取のいいなりになるしかないという自嘲の表明。　二〇　「水脈(みを)つ串」の意で、水中に挿した航路標識の杭。淀川近くの海中に立てた。　二一　大阪市付近の古名。「河尻」は、淀川の河口。　二二　祈願や歓喜の動作。　二三　淡路島出身の老女殿。「大い御」は、年長の婦人への敬称。既出「淡路の専女」「専女」と同一人物。　二四　気が晴れなかった。平安の和歌には用いられるのが珍しい語。

[一]いと思《おも》ひの外《ほか》なる人《（ひと）》の言《い》へれば、人々《ひと〴〵》奇《あや》しがる。これが中《なか》に、[二]心地《こゝち》悩《なや》む船君《ふなぎみ》、いたく賞《め》でて、「船酔《ふなゑひ》し給《たう》べりし御顔《みかほ》には、似《に》ずもあるかな」と言《い》ひける。

七日《（なぬか）》。今日《けふ》、河尻《かはじり》に船入《ふねい》り立《た》ちて、漕《こ》ぎ上《のぼ》るに、川《かは》の水乾《みづひ》て、[三]悩《なや》み煩《わづら》ふ。船《ふね》の上《のぼ》ること、いと難《かた》し。

かかる間《あひだ》に、[四]船君《ふなぎみ》の病者《（ばうざ）》、本《もと》より[五]こち々《ぐ》しき人《ひと》にて、かうやうの事《こと》、さらに知《し》らざりけり。かかれども、淡路専女《あはぢたうめ》の歌《うた》に賞《め》でて、[六]都誇《みやこほこ》りにもやあらむ、[七]辛《から》くして、奇《あや》しき歌捻《うたひね》り出《い》だせり。その歌《うた》は、

50 [八]来《き》と来《き》ては川上《かはのぼ》り路《ぢ》の水《みづ》を浅《あさ》み船《ふね》もわが身《み》も[九]なづむ今日《けふ》かな

これは、病《やまひ》をすれば詠《よ》めるなるべし。[一〇]一歌《ひとうた》に*ことの飽《あ》かねば、今一《いまひと》つ、

51 [一一]疾《と》くと思《おも》ふ船悩《ふねなや》ますは我《わ》が為《ため》に水《みづ》の心《こゝろ》の浅《あさ》きなりけり

**一**　船酔いをしていて、とても歌を詠むとは思われなかったので。　**二**　一行の長（貫之）。老女が船酔いをしながらなお歌を詠むという行為を、揶揄しつつも褒める。　**三**　難儀する。冬の渇水期。ここの表現は、前日六日「心地悩む船君」とこの日の「船君の病者」の「悩み患ふ」様子とを掛けた言語遊戯。　**四**　船の主である病人（貫之）。　**五**　風流を解さない人で、和歌など、まったく知らない。貫之を韜晦。　**六**　都が近づいた気分の高揚のせいでもあろうか。草子地。本来、都人が都が近づいたことで気分を良くし、「都ぶり」としての和歌を詠むということか。　**七**　やっとのことで、あやしげな歌をひねり出した。常々和歌を詠まない人が、いかにも苦労して作歌している風を語る。同様の事は、二月一日の条にもあった。　**八**　どうにか来てみたら。同語反復で強意。　**九**　難渋する。船も行き悩み、我が身も病で動けない。　**一〇**　一首だけでは満足しなかったので。

***ことの**—こと（底）—ことの（定・日・宮・近・三）

一一　早く進みたいと思う船の進行を妨害するのは、私のためを思う水の思いが浅いからである。川の水と情の「浅き」を掛ける。

この歌《うた》は、都近《みやこちか》くなりぬる喜《よろこ》びに堪《た》へずして、言《い》へるなるべし。「一二淡路《あはぢ》の御《ご》の歌《うた》に劣《おと》れり。一三嫉《ねた》き。言《い》はざらましものを」と、悔《くや》しがるうちに、夜《よる》になりて、寝《ね》にけり。

八日《(やうか)》。なほ、川上《かはのぼ》りになづみて、一四「鳥飼《とりかひ》の御牧《みまき》」といふほとりに泊《とま》る。

今宵《こよひ》、船君《ふなぎみ》、一五例《れい》の病《やまひ》起《お》こりて、いたく悩《なや》む。ある人《ひと》、一六鮮《あざ》らかなる物《もの》持《も》て来《き》たり。一七米《よね》して返《かへ》り事《ごと》す。男《をとこ》ども、密《ひそ》かに言《い》ふなり、「一八飯粒《いひぼ》して鮲《もつ》釣る」とや。一九かうやうの事《こと》、所々《ところ〴〵》にあり。二〇今日《けふ》、節忌《せちみ》すれば、魚《いを》不用《(ふよう)》。

九日《(ここぬか)》。二一心許無《こゝろもとな》さに、明《あ》けぬから、船《ふね》を曳《ひ》きつゝ上《のぼ》れども、川《かは》の水無《みづな》ければ、二二居《ゐ》ざりにのみぞ居《ゐ》ざる。

この間《あひだ》に、二三「曲《わだ》の泊《とまり》の分《あか》れの所《ところ》」といふ所《ところ》あり。二四米《よね》、魚《いを》など乞《こ》へば、行《おこな》ひつ。

一二 「淡路の御の歌に劣れり……」から「会話文」と理解したが、この一文を「地の文」という解釈も可能である。 一三 嫉ましい。（かえって）言わなければよかったものを。 一四 大阪府摂津市鳥飼。「御牧」は、朝廷の牧場。 一五 いつもの病が起こって。 一六 鮮魚。 一七 米で返礼をする。 一八 「飯粒でムツを釣る」は、当時の諺か。「海老で鯛を釣る」と同義。返礼を期待して魚を持参した男を揶揄。 一九 このような不均衡な物々交換が所々であった。 二〇 （八日は斎日で）節忌をしたので、魚は不用。 二一 じれったさに、夜が明けぬ前から。 二二 「居ざる」は、膝行。膝を摺っての前進は、遅々として進まない様子。 二三 大阪府摂津市、淀川と神崎川の分岐点で南岸の江口に対する北岸。ただし、八日の鳥飼より下流で地理的には矛盾、虚構か。 二四 （乞食・修行者が集まる場所なので）施しをした。

かくて、船《ふね》曳《ひ》き上《のぼ》るに、一「渚《なぎさ》の院《(ゐん)》」といふ所《ところ》を見《み》つつ行《ゆ》く。その院《(ゐん)》、昔《むかし》を思《おも》ひ遣《や》りて二見《み》れば、おもしろかりける所《ところ》なり。後方《しりへ》なる岡《をか》には、松《まつ》の木《き》どもあり。中《なか》の庭《には》には、梅《むめ》の花《はな》咲《さ》けり。三ここに、人々《ひとぐ〵》の言《い》はく、「これ、昔《むかし》、名高《なだか》く聞《き》こへ《(え)》たる所《ところ》なり。故《(こ)》四惟喬《これたか》の親王《みこ》の御供《おほむとも》に、故《(こ)》五在原《ありはら》の業平《なりひら》の中将《(ちゆうじやう)》の、

52 六世《よ》の中《なか》に絶《た》へ《(え)》て桜《さくら》の咲《さ》かざらば春の心《こゝろ》はのどけからまし

といふ歌詠《うたよ》める所《ところ》なりけり。七今《いま》、今日《けふ》ある人《ひと》、*所《ところ》に似たる歌詠《うたよ》めり。

53 千代《ちよ》経《へ》たる松《まつ》にはあれど八古《いにし》への声《こゑ》の寒《さむ》さは変《か》はらざりけり

また、ある人《ひと》の詠《よ》める、

54 九君《きみ》恋《こ》ひて世《よ》を経《ふ》る宿《やど》の梅《むめ》の花昔《はなむかし》の香《か》にぞなほ匂《にほ》ひける

と言《い》ひつつぞ、都《みやこ》の近《ちか》づくを喜《よろこ》びつつ上《のぼ》る。

かく上《のぼ》る人々《ひとぐ〵》の中《なか》に、京《(きやう)》より下《くだ》りし時《とき》に、皆人《みなひと》、子《(こ)》ども無《な》かりき、一〇到《いた》れりし国《くに》にてぞ、一一子《(こ)》生《う》める者《もの》どもありあへる。人《ひと》

一　大阪府枚方市。文徳天皇の離宮で、後に惟喬親王が伝領。二　→補注　三　漢文訓読語。そこで。四　文徳天皇第一皇子、母は紀静子。惟仁親王(清和天皇)との皇位継承争いに敗れ出家、小野に隠棲。在原業平との親交は、古今集・巻一八・雑歌下・九七〇・伊勢物語八二・八三段参照。五　平城天皇皇子の阿保親王第五子(八二五～八八〇)。六　古今集・春歌上・五三、伊勢物語・八二段、共に第三句「なかりせば」。「梅の花咲けり」に対応した改変。七　現に今、(この場に)居る人が、(惟喬親王と業平の旧跡という)場にふさわしい歌を詠んだ。

*所に—こころに(底)—所に(定・近)—ところに(日・宮・三)

八　昔の渚の院での澄んだ松風の音。「歳寒ウシテ然ル後ニ、松柏ノ凋(しぼ)ムニ後ルルヲ知ル」(論語・子罕(しかん)篇)による。およそ七十年前の業平の惟喬親王に対する忠誠心を詠み、そこに現在の自己を重ねる。九「君」は、惟喬親王。親王を恋慕って幾世代も経てきたこの宿の梅は、変わらず昔の香に、匂っていることだ。「人はいさ心もしらずふるさとは花ぞ昔の香に匂ひける」(古今集・巻一・春歌上・四二・貫之)と同発想。

皆《みな》、船《ふね》の泊《とま》る所《ところ》に、子《こ》を抱《いだ》きつつ降《お》り乗《の》りす。これを見《み》て、[一二]昔《むかし》の子《こ》の母《はゝ》、悲《かな》しきに堪《た》へずして、

55 [一三]なかりしもありつつ帰《かへ》る人《ひと》の子《こ》をありしもなくて来《く》るが悲《かな》しさ

と言《い》ひてぞ泣《な》きける。[一四]父《ちゝ》もこれを聞《き》きて、[一五]如何《いかゞ》あらむ。かうやうの事《こと》も歌《うた》も、〈好《この》む〉とてあるにもあらざるべし。唐土《もろこし》も此処《こゝ》も、思《おも》ふことに堪《た》へぬ時《とき》の業《わざ》とか。今宵《こよひ》、[一六]「鵜殿《うどの》」といふ所《ところ》に泊《とま》る。

十日《とをか》。[一七]障《さは》る事《こと》ありて、上《のぼ》らず。

十一日。雨《あめ》些《いさゝ》かに降《ふ》りて、止《や》みぬ。

かくて、さし上《のぼ》るに、東《ひむがし》の方《かた》に、山《やま》の[一八]横《よこ》ほれるを見《み》て、人《ひと》に問《と》へば、「[一九]八幡《やはた》の宮《みや》」と言《い》ふ。此《こ》れを聞《き》きて喜《よろこ》びて、人々《ひと〴〵》拝《をが》み奉《たてまつ》る。[二〇]山崎《やまざき》の橋《はし》見《み》ゆ。嬉《うれ》しき事《こと》限《かぎ》りなし。此処《こゝ》に、

一〇 「到れりし国」は、「土左」であるはずだが、終に「土左」という地名は明記されない。
一一 子供を産んだ者どもが居合わせた。
一二 昔子を亡くした母が。　一三 →補注　行く時には子が無かった人が、（帰る時にはその地で産んだ）子を連れ帰るのに、居た子を亡くして帰る、（私の）悲しさよ。　一四 亡き子の父もこの歌を聞いて。　一五 書き手の主張、草子地。どんな思いがすることか。このように嘆き悲しむ事も歌を詠む事も、好きで出来るわけでもないだろう。唐土でも日本でも、感情の抑制できない時の行為であるとか。→補注　一六 大阪府高槻市鵜殿。　一七 差支えがあって。物忌みか。　一八 横たわっている。　一九 京都府八幡市男山の石清水八幡宮。　二〇 京都府乙訓郡大山崎町から対岸の男山の麓に向け架けられた橋。

一相応寺《さうおうじ》のほとりに、暫《しば》し船《ふね》を留《とど》めて、二とかく定《さだ》むる事《こと》あり。この寺《てら》の岸《きし》ほとりに、柳多《やなぎおほ》くあり。ある人《ひと》、この柳《やなぎ》の影《かげ》の、川《かは》の底《そこ》に映《うつ》れるを見《み》て詠《よ》める歌《うた》、

56　三さざれ波寄《なみよ》する文《あや》をば青柳《あをやぎ》の影《かげ》の糸《いと》して織《お》るかとぞ見《み》る

十二日。四山崎《やまざき》に泊《とま》れり。

十三日。なほ、五山崎《やまざき》に。

十四日。雨降《あめふ》る。今日《けふ》、六車《くるま》、京《きやう》へ取《と》りに遣《や》る。

十五日。今日《けふ》、車率《くるまゐ》て来《き》たり。七船《ふね》の難《むつか》しさに、船《ふね》より人《ひと》の家《いへ》に移《うつ》る。

この人《ひと》の家《いへ》、喜《よろこ》べるやうにて八饗応《あるじ》したり。この主人《あるじ》の、また饗応《あるじ》のよきを見《み》るに、九うたて思《おも》ほゆ。いろ〳〵に一〇返《かへ》り事《ごと》す。

一　橋の西側にあった寺。二　京に入るための諸準備・相談。三　「さざら波」の転、さざ波。「あや」は、模様だが、ここは波紋。波紋の緯糸を、青柳の影の経糸で織りなすかと見立てる。四　山崎の川岸に停泊。↓補注　五　「泊れり」等の略。六　以後、陸路を行くため、京に車を取りに使いを遣った。七　船内の生活の窮屈で居心地の悪さから。八　同音異義の「あるじ」を重ねた言語遊戯。九　気に染まない。過度な歓待に先方の下心を感ずる。一〇　返礼をする。一一　その家の家人の立ち居振る舞いは、感じが良くて、一二　礼儀正しい。

二一家《いへ》の人《ひと》の出《い》で入《い》り、憎《にく》げならず、二二ゐややかなり。

十六日。今日《けふ》の二三夜《よ》さつ方《かた》、二四京《(きやう)》へ上《のぼ》る。ついでに見《み》れば、二五山崎《やまざき》の小櫃《こひつ》の絵《ゑ》も、曲《まが》りの大鈎《おほぢ》の像《かた》も、変《か》はらざりけり。「二六売《う》り人《びと》の心《こゝろ》をぞ知《し》らぬ」とぞ言《い》ふなる。

かくて、京《(きやう)》へ行《い》くに、二七島坂《しまさか》にて、人《ひと》、饗応《あるじ》したり。二八必《かなら》ずしもあるまじき業《わざ》なり。二九発《た》ちて行《ゆ》きし時《とき》よりは、来《く》る時《とき》ぞ人《びと》はとかくありける。三〇これにも返《かへ》り事《ごと》す。

夜《よる》になして、〈京《(きやう)》には入《い》らむ〉、と思《おも》へば、急《いそ》ぎしもせぬほどに、月出《つきい》でぬ。三一桂川《かつらがは》、月《つき》の明《あか》きにぞ渡《わた》る。人々《ひと〴〵》の言《い》はく、

「この川《かは》、飛鳥川《あすかゞは》にあらねば、三二淵瀬《ふちせ》さらに変《か》はらざりけり」

と言《い》ひて、ある人《ひと》の詠《よ》める歌《うた》、

57　三三ひさかたの月《つき》に生《お》ひたる桂川底《かつらがはそこ》なる影《かげ》も変《か》はらざりけり

また、ある人《ひと》の言《い》へる、

58　三四天雲《あまくも》の遥《はる》かなりつる桂川袖《かつらがはそで》を漬《ひ》てても渡《わた》りぬるかな

二三　夕方になる頃。ゆふさりかた→ようさりつかた→ようさつかた。二四　「京へ上るついでに見れば」と続けても読める。「ついで」は、通り道、道筋。

二五　山崎の店の小櫃の絵看板も、曲り河岸の大鈎の提げ看板も。諸説あるが、全注釈の考証に拠る。二六　（看板は変わってないが）商人の心の変化は解らないと言うようである。「人はいさ心もしらずふるさとは花ぞ昔の香に匂ひける」（古今集・巻一・春歌上・四二・貫之）を下敷きに、景観の不変と人の心の変りやすさを批判する。二七　京都府向日（むこう）市の向（むかい）神社から南に下る坂。

二八　無理に饗応してくれなくともよい事である。二九　国司が任期中になした蓄財のおこぼれに与かろうという世の風潮への批判。

三〇　先方の思惑はともかく、こちらは律儀に返礼する。三一　保津川の下流で、山崎で淀川に合流。三二　古今集・巻一八・雑歌下・九三三・読人しらず「世の中は何か常なる飛鳥川昨日の淵ぞ今日は瀬になる」に拠る。

三三　初句は「月」の枕詞。初二句は「桂」の序詞。「生ひ」と「負ひ」、「底」と「其処」が掛詞。

三四　「遥か」の枕詞。

また、ある人《ひと》、*詠《よ》めり。

59 一桂川《かつらがは》我《わ》が心《こころ》にも通《かよ》はねど同《おな》じ深《ふか》さに流《なが》るべらなり

二京《(きやう)》の嬉《うれ》しきあまりに、歌《うた》もあまりぞ多《おほ》かる。

夜更《よふ》けて来《く》れば、三所々《ところ〴〵》も見《み》へ《(え)》ず。京《(きやう)》に入《い》りたちて嬉《うれ》し。四家《いへ》に到《いた》りて、門《かど》に入《い》るに、月明《つきあか》ければ、いとよく有様《ありさま》見《み》ゆ。聞《き》きしよりもまして、言《い》ふ甲斐無《かひな》くぞ五毀《こぼ》れ破《やぶ》れたる。六家《いへ》に預《あづ》けたりつる人《ひと》の心《こころ》も、荒《あ》れたるなりけり。七中垣《なかゞき》こそあれ、一《ひと》つ家《いへ》のやうなれば、望《のぞ》みて預《あづ》かれるなり。八さるは、便《たよ》りごとに物《もの》も絶《た》へ《(え)》ず得《え》させたり。今宵《こよひ》、九「かかること」と、声高《こわだか》にものも言《い》はせず。いとは辛《つら》く見《み》ゆれど、一〇〈志《こゝろざし》は為《せ》む〉とす。

さて、池《いけ》めいて窪《くぼ》まり、水浸《みづゝ》ける所《ところ》あり。ほとりに松《まつ》もありき。一一五年六年《いつとせむとせ》のうちに、千年《ちとせ》や過《す》ぎにけむ、一二片方《かたへ》は無《な》くなりにけり。今生《いまお》ひたるぞ交《まじ》れる。一三大方《おほかた》の皆荒《みなあ》れにたれば、一四「あはれ」とぞ人々《ひと〴〵》言《い》ふ。思《おも》ひ出《い》でぬ事無《ことな》く、一五思《おも》ひ恋《こひ》しきが中《うち》に、この家《いへ》にて生《う》まれし女子《をむなご》の、諸共《もろとも》に帰《かへ》らねば、いかが

*詠めり―よめりし（底）―よめり（定・日・宮・近・三）

**一** 桂川は私の心に流れ込んでいるわけでもないけれど、私が都を懐かしむ思いと同じ深さで流れているようだ。「深き心」や「深き志」を水の深さに喩える発想は、十二月廿七日と一月九日にあった。 **二** 帰京の喜びを詠歌の多さで表現。名詞と副詞、同音意義の「あまり」を重ねる言語遊戯。 **三** 暗さを口実にして、「所々」の描写を省筆する方法か。 **四** 前国守（貫之）の自邸。無名抄等の伝えに拠れば、京都市上京区の仙洞御所敷地内に邸跡があったという。 **五** 壊れ破損している。 **六** この家に預けて置いた隣人の心も。皮肉な物言い。 **七** 隣家との隔ての垣根。 **八** それでも、機会がある度に物も与えたのである。 **九** それがこのざまだ、と。前国守（貫之）の従者に憤慨のことばを言わせない。 **一〇** 留守宅を預かってくれた謝礼。 **一一** 土佐の守在任期間。 **一二** 「片方」は一部分。新しく生えた松が交じっている。 **一三** 松だけでなく、辺り一面が皆。 **一四** なんとまぁ、ひどい。 **一五** 恋しく思われる中でも。

は悲《かな》しき。一六船人《ふなびと》も皆《みな》、子集《こたか》りて罵《のゝし》る。かかるうちに、なほ悲《かな》しきに堪《た》へずして、密《ひそ》かに一七心《こゝろし》知れる人《ひと》と言《い》へりける歌《うた》、

60 一八生《む》まれしも帰《かへ》らぬものを我《わ》が宿《やど》に小松《こまつ》のあるを見《み》るが悲《かな》しさ

とぞ言《い》へる。なほ飽《あ》かずやあらむ、また、かくなむ。

61 一九見《み》し人《ひと》の松《まつ》の千年《ちとせ》に見《み》ましかば遠《とほ》く悲《かな》しき別《わか》れせましや

二〇忘《わす》れ難《がた》く、口惜《くちを》しき事多《ことおほ》かれど、え尽《つ》くさず。

二一とまれかうまれ、疾《と》く破《や》りてむ。

一六　同船した人々。子供たちが寄り集まってわいわいと騒いでいる。　一七　気持を理解できる人と言い交わした歌。　一八　この家に生まれた子も帰って来ないのに。後撰集・巻二〇・哀傷歌・一四一一（一四一二）・貫之・「兼輔朝臣なくなりて後、土左国よりまかり上りて、かの粟田の家にて」という詞書で、「ひき植ゑし二葉の松はありながら君が千歳のなきぞ悲しき」という類歌があり、庇護者兼輔追慕の情を重ねて読み取ることができる。　一九　亡くなったあの子を、松の千歳にあやかり長生きするものと思いたかった。

二〇　忘れられない、残念な事は多いが、とても書き尽くせない。

二一　（こんな駄作は）とにもかくにも、破り捨ててしまおう。冒頭の〈女もしてみむ〉の帰結として。ただし、書き手の謙遜の辞であり、本音ではない。

# 補注

22頁

## 一　男もすなる日記

男の日記は、私的な立場から書かれていたとしても官人官僚としての立場を免れることは難しい。公事を公の視点から事実を細大漏らさず書き留めることを目的とした備忘録であり、漢字表記の漢文である。対して女の日記は、仮名を用いた和文で、男の日記の日次の形式に沿って書かれている。従来、「具注暦」等に書き込まれたメモを基にして、帰京後まとめて執筆されたであろうことが考証されている。形式は漢文の日記体裁に倣いながらも、読者を意識して虚構を交えた読み物である。日記文学という新しいジャンルの嚆矢として、備忘録ではなく、私的な感懐を、仮名の特性を活かし言語遊戯（洒落）を交え、諧謔として語ることを第一としている。

さて冒頭文は、日本語としてはかなり変な文である。それは、「男も…女も…」の「も」の並立にある。

　男がすなる日記を女もしてみむとてするなり

あるいは、

　男のすなる日記を女もしてみむとてするなり

ならば、常態の和文といえるだろうが、当該本文はそうはなっていない。これについて小松英雄は、従来の解釈に対して、二次的仮名連鎖（隠されていた意味の発見）として、

　をとこもすなる日記といふものを　をむなもしてみむとてするなり

　男文字なる日記といふものを女文字してみむとてするなり

つまり、男文字＝漢字の日記を、女文字＝仮名で書いてみようとしてしたのだという新しい解釈を提示してみせた（『古典再入門『土左日記』を入りくちにして』笠間書院、二〇〇六年）。

この斬新な解釈の提示は、冒頭文がなぜこのような変な日本語になってしまったかの説明として、一定の説得力を有する。この新見の提示により小松は、作品の特性としての「女性仮託」さえも否定してしまうのだが、しかしそれは勇み足である。なぜならば仮名連鎖の思考は、掛詞と同様に、一次と二次とが相対の関係にあるはずだからである。小松の二次的仮名連鎖は、あくまでも一次的仮名連鎖との関係性により成立する。したがって、小松のように、二次的な意味を絶対視して一次的な意味を否定してしまうと、理論そのものが崩壊してしまう。また、作品個々の細部の解釈ともなじまないだろう。だから、冒頭文は、二重に、二つの意味合いで読み取れると考えるべきで、むしろ小松

の新見は従来の解釈の補強となるのである。

**六　県の四年五年果てて**

土佐の守の任期は通常四年だが、後任の島田公鑒は承平四年の四月廿九日に任命されていながら、すぐ赴任することなく、貫之は彼の到着の遅延によりその年末まであしかけ五年近く在任を延長されたことになる。（『外記補任』承平四年の大外記の条、益田勝実「紀貫之と島田公鑒の国司交替」『日本文学史研究』第二号の考証によることを、萩谷朴『土佐日記全注釈』が指摘）

23頁

**二八　守の舘より**

大幅に遅れて着任したにも関わらず新国守（島田公鑒）は自らは出向くでもなく、送別の宴を設けるとはいえ、前任者を国衙に呼びつけた。その不満な気持を綴っている。

24頁

**三　他人々のもありけれど、さかしきもなかるべし**

漏れなく記録する備忘録（官人の日記）に対して、下手な和歌は記録しないという読み物としての日記文学の態度。語り手の主観的な批評のことばであり、『源氏物語』の言説区分で言えば、「省略の草子地」に相当する。後出、

　これならず多かれども、書かず。

（一月九日　33頁）

も、「省略の草子地」である。

**八　京にて生まれたりし女子**

亡児追懐のエピソードは、ここの場面を始発として全篇に渡って繰り返し語られている。紀貫之が在任中、本当に我が子を亡くしたのか、否か……。それは記録類に辿ることはできないから、「史実」と理解する説と「虚構」だと考える説とが鋭く対立している。真相は不明としか言いようがないが、書き手の「喪失感」が『土左日記』という作品執筆にあたり、「子供の死」というかたちで主題化されたという長谷川政春の説を支持したい（「土佐日記へのアプローチ」『紀貫之論』有精堂出版、一九八四年。岩波新古典文学大系「解説」）。

書き手の「喪失感」とは何かと言うと、菅原道真を典型とする文人貴族層の庇護者であった醍醐天皇、宇多上皇、また支持者であった藤原兼輔、藤原定方らが（木村茂光「「日本」的儀式の形成と文人貴族」『「国風文化」の時代』青木書店、一九九七年）、貫之の「土佐」在任中に相次いで亡くなっているという事実である。

菅原道真という文人貴族層の流れを汲む、下級文人官僚

であった紀貫之を庇護してくれたその恩顧の人々が、彼が都を留守にしている間に相次いで世を去ってしまったことは、「都人」としての彼にとって、耐え難い衝撃であったろうと推察される。恩人を失った、その「喪失感」が、「亡き子」のエピソードとして転換され、『土左日記』という作物においては、亡児追懐の記述として繰り返し語られているのではないかと理解されるのである。

亡児追懐の記述が六箇所あることの指摘とその詳細な分析を長谷川政春（前掲論文）が行って以来、土方洋一（「私情の表出―『土左日記』論―」『日記の声域―平安朝の一人称言説』右文書院、二〇〇七年）、神田龍身（「『土佐日記―言葉と死』」『紀貫之―あるかなきかの世にこそありけれ―』ミネルヴァ日本評伝選、二〇〇九年）らによって、若干のニュアンスの違いはあるものの、長谷川が説くように象徴的なものとして追認されている。土方洋一はこの記述を《出来事の公的な記録という建前からもっとも外れる部分》として、《私的な感情を象徴する記述》と捉えている。

①十二月廿七日②一月十一日③二月四日④二月五日⑤二月九日⑥二月十六日

亡児追懐の記述の最初が①任国「土左」の地を離れ「大湊」に代表される外海に漕ぎ出す直前に現われ、最後の記述が⑥の京の自宅に帰着しその惨状を嘆く場面に現われているという事実を土方は、《子供の死を嘆く心情は、舟長たる前国司が土佐国を離れてから都へ帰り着くまで、即ち官人としての身分から解き放たれた、何者でもない宙吊りの立場にある間に限って現われているのであり》、その船旅は、《往路においては傍らにあった幼児が復路においてはどこにもいないという喪失感を確認し続ける旅》であり、《亡児追懐は都へ帰る旅の記録という『土左日記』の記述の枠組みと一対のものなの》であり、《亡児追懐の記述が、この日記の表現構造の上で象徴的な意味を担っている》と分析している。

『土左日記』はこのように、亡児の追懐「子供の死」の主題を全編を通し交響楽の通奏低音のごとく、繰り返し奏でているのである。

## 一二　都へと思ふをものの悲しきは

題しらず　　　読人《よみひと》しらず

412 北へ行く雁《かり》ぞ鳴くなる連れて来《こ》し数《かず》は足《た》らでぞ帰るべらなる

この歌は、ある人、「男女《をとこをんな》もろともに人の国へまかりけり。男まかりいたりてすなはち身まかりにければ、女ひとり京へ帰る道に、帰る雁の鳴きけるを聞きてよめる」となむいふ左注によれば、揃って地方に下った男女夫婦が、帰京の際には夫に先立たれてしまって、残された妻が、北へ帰る雁の声に自己と同様の境遇を感じているという趣旨である。これを『土左日記』は、「夫婦」から「親子」の関係に移行置換し、その「子供の死」として主題化しているのである。

25頁

**一七　棹させど底ひも知らぬ**

贈歌は上二句、「李白乗レ舟将欲レ行、忽聞岸上踏歌声」を踏まえ、当該答歌は下二句、「桃花潭水深千尺、不レ及ニ汪倫送レ我情一」を踏まえる。ただし、萩谷全注釈が、「…李白の詩が、桃花潭の水深を千尺と限定し、汪倫の友情をそれに優るものと対比しているのに対し、貫之の和歌は、海の深さは無限なものとし、友情をその無限の深さと帰一せしめている。明らかに、李白の詩を超えようとする意識が働いている」と説くように、後発の和歌が先行する漢詩を脱構築しているのである。

**一八　楫取**

（A）「鹿児の崎」の送別の場面は一読して、明らかに『伊勢物語』の「東下り」、特に「都鳥」の段を擬き・もじり・パロディ化していると言えるだろう。

既に長谷川政春によって説かれているところでもあり、長谷川はこの場面とともに、一月十一日の「羽根」の場面（B）、そして一月廿九日の「土佐の泊り」の場面（C）とを併せ指摘し、『古今和歌集』羇旅の歌411番（業平歌）・412番（読み人しらずの歌）が典拠である由説いている（長谷川「土佐日記へのアプローチ」『紀貫之論』有精堂出版、一九八四年。「表現としての土佐日記」『東横国文学』第17号、一九八五年三月）。

また、「都鳥」の詠を典拠とする三つの場面について長谷川政春は、以下のように優れた先駆的な分析を行っている。

> 土佐日記は、古今集の業平の「都鳥」の歌を三つに分け、それぞれに土佐日記らしく生かしているのである。しかも、注意されることは、その三つの場面が有機的に構成されていることである。「羽根」の場面と「土佐の泊り」の場面は、聞いた名に触発されて歌を詠む点で共通であったが、その内容は都への想いと土佐への想いとに違いがあって対照的である。さらに、「楫とり」の場面では、楫取りの「もののあはれ」の心のなさをあげつらっているけれども、「土佐の泊り」の場面では、「あはれ」が主題になり歌いあげられている。まさに対照的である。また「西国

なれど」東国の甲斐歌を唄ったわけだが、「土佐の泊り」の場合にはその「西国」が顧みられ歌われている。そこに私は一種の呼応関係をみるのである。（前掲「表現としての土佐日記」）

この長谷川の分析を踏まえ、東原は、『古今和歌集』の典拠論ではなく、あくまでも『伊勢物語』の引用論、それもパロディ論を展開したものに、「権威の脱構築化と「諧謔」の生成＝パロディとしての『土左日記』」『高知女子大学紀要　文化学部編』第60巻、二〇一一年三月がある。

26頁

**一　西国なれど**

「土佐」が歴史地理的には「南国」であることを、同時代の史料、『延喜式』巻一六陰陽寮式に掲載されている一二月晦日の「追儺の祭文」の記述で確認しておく。

……事別《ことわ》きて詔《の》りたまはく、「穢悪《けがら》はしき疫《えやみ》の鬼《おに》の、處處村村に藏《こも》り隱《かく》らふをば、千里のほか、四方《よも》の堺《ほとり》、東の方は陸奥《みちのく》、西の方は遠つ値嘉《ちか》、南の方は土佐、北の方は佐渡より彼方《をち》の處を、汝等《なむたち》疫の鬼の住處《すみか》とめたまひ行《おもむ》けたまひて、五色《いついろ》の寶物、海山の種種《くさぐさ》の味物《ためつもの》を給ひて、罷《ま》けたまひ移したまふ處處方方に、急《すみやか》に罷《しりぞ》き往《い》ね』と追ひたまふ」と詔るに、「姧《かだ》ましき心を挾《わきばさ》みて、留まり隱らば、大儺《たいな》の公・小儺の公《きみ》、五の兵を持ちて、追ひ走り刑殺さむものぞ〉と聞こしめせ」と詔る。

（岩波古典文学大系『祝詞』四五九頁）

この祭文によれば、「穢悪《けがら》はしき疫《えやみ》の鬼《おに》」は、都の四方の境界から、すなわち東は「陸奥の国」、西は「九州は五島列島の一部」、南は「土佐」、北は「佐渡」からそれぞれ排除すべきことを説いており、京の都を基準とした場合、歴史地理的に「土佐」は、都の南方にあるという認識なのであり、「南国土佐」である。

したがって、当該場面が「西国」であるためには、『伊勢物語』の「東下り」章段のパロディ的な引用として、土左（土佐）から京への「東上り」として、理解するほかはないはずである（東原「権威の脱構築化と「諧謔」の生成＝パロディとしての『土左日記』」『高知女子大学紀要　文化学部編』第60巻、二〇一一年三月）。

**七　廿九日**

陰暦は、月の満ち欠けの周期で一と月を規定する。一か月を三十日とする大の月と、二十九日とする小の月とで一年（十二か月）を構成する。承平四年に准拠せらる「某年」の十二月は、小の月に相当するので、二十九日が月末、晦日となるのである。

28頁

**六　白馬を思へど**

一月七日の宮廷行事。左右馬寮から出された白馬を天皇が御覧になり、諸臣に宴を賜う節会。馬は陽の獣、青は春の色で、これを見ると邪気が払われると考えられた。当初は「青馬」と書かれていたが、後に白の潔さから「白馬」と漢字を宛てながらも「あをうま」と訓読する。

29頁

**一九　この人**

七日の場面は、①池の若菜の女、②土地の和歌自慢の男、③、②に返歌しようとした聡明な童という三つの場面から構成されている。これら三つの場面のエピソードは、①と②とが「対」で発想されており、

京の都の女⇕土地の鄙の男、奥ゆかしさ⇕下心、長櫃／破籠、「波立《なみた》てつべし」／「波《なみ》の立《た》つなること」

というふうに図式化できる。人物の造型は対照的で、反対といってよいだろう。

①と②の場面が「大人」だけの世界であったのに対して、③は「対照」的に「童」を登場させ、さらにその人物の造型も、①と②、②と③とが、「反対」といった発想から、生成されているように思われる。

打算・愚かな大人⇕純粋・聡明な童、常識を弁えない歌（大人）⇕舌を巻くほど上手な歌（童）

（東原「漢詩文発想の和文『土左日記』」『日本文学』二〇一一年五月。）

30頁

**一　ある人の子の童なる**

木村正中は、一月七日の「ある人《ひと》の子《こ》の童《わらは》」について、《北村季吟『土佐日記抄』が「是も紀氏の童女にや」と注し、『考証』や橘守部『土佐日記舟の直路』では、それをさらに敷衍して大鏡に見える貫之女の逸話などまで加えている》（「土佐日記の構造」『中古文学論集　第四巻　土佐日記・和泉式部日記・紫式部日記・更級日記』おうふう、二〇〇二年）という重大な指摘をしている。この指摘は、『土左日記』の注釈が、近世の歌学者の説が過大に権威化されたまま踏襲されることで、今日の通説を形成しているという事実を示しており、看過できない。「ある人《ひと》の子《こ》の童《わらは》」＝「貫之の子の童」、だから「女童《をむなわらは》」だという解釈は、紀貫之を「歌聖」として神格化し崇める心性《メンタリティ》に発しているのだろう。そのように読みたい、理解したいたいという、読み手の側

の解釈の欲望の反映であり、いわば「貫之信仰」という、読みのイデオロギーではないだろうか。

　ある人《ひと》、県《あがた》の四年五年《よとせいつとせ》果《は》てて、例《れい》の事《こと》ども皆《みな》し終《を》へて、……

（十二月廿一日　22頁）

たしかに『土左日記』は、貫之を思わせる前国守を「ある人《ひと》」と叙述している。それは作品が、方法として現実の作者である紀貫之を実名で「貫之」と表記しないためである。「ある人《ひと》」の初出の例が、前国守＝貫之を指示しているところから、「ある人《ひと》」は呼称として、たしかに貫之を指示している場合があることは事実である。しかし、「ある人」の用例が、すべて「貫之」を指示している記号ではない。「ある人」という語が、匿名の「或る人」を指示している語でもあるように、「ある人」≠「貫之」という正反対の用例も、二例ほど見られるのである。

……船《ふね》も出《い》ださで、徒《いたづ》らなれば、ある人《ひと》の詠《よ》める、
　磯《いそ》ふりの寄《よ》する磯《いそ》には年月《としつき》をいつとも分《わ》か
　ぬ雪《ゆき》のみぞ降《ふ》る
この歌《うた》は常《つね》にせぬ人《ひと》の言《こと》なり。（一月十八日　38頁）

……この歌《うた》どもを、人《ひと》の「何《なに》か」と言《い》ふを、ある人《ひと》聞き耽《ふけ》りて詠《よ》めり。その歌《うた》、詠《よ》める文字《もじ》、三十文字《みそもじ》あまり七文字《なもじ》。人《ひと》みな、えあらで笑《わら》ふやうなり。歌《うた》主《ぬし》、いと気色悪《けしきあ》しくて怨《ゑ》ず。真似《まね》べども、え真似《まね》ばず。書《か》けりとも、え読《よ》み据《す》ゑ難《がた》かるべし。今日《けふ》だに言《い》ひ難《がた》し。まして、後《のち》にはいかならむ。

（同日　38～39頁）

このように絶望的に下手くそな和歌の読み手も、貫之を思わせる和歌の権威者も、『土左日記』は、どちらも等しく「ある人」と称呼している。

また、「ある人」が一応、「貫之」を指示しているだろうと思われる場合の例であっても、

……ある人《ひと》の詠《よ》める歌《うた》、
　水底《みなそこ》の月《つき》の上《うえ》より漕《こ》ぐ船《ふね》の棹《さを》に触《さは》るは桂《かつら》な
　るらし
これを聞《き》きて、ある人《ひと》のまた詠《よ》める、
　影見《かげみ》れば波《なみ》の底《そこ》なるひさかたの空《そら》漕《こ》ぎ渡《わた》る
　我《われ》ぞ侘《わ》びしき

（一月十七日　37頁）

「これを聞きて」とあるので、論理的には同一人物ではありえないから、一応別人と判断する。ただし、これらの「ある人」は、どちらも貫之を想起させる歌の上手である。だから、どちらも「貫之」であり、かつ、どちらも「貫之」ではないという韜晦ではないだろうか。『土左日記』

において「ある人」の呼称で登場する人物は、「貫之」を想起させながらも、韜晦することで、けっして「貫之」とは特定できないような仕組みとなっており、その匿名性にこそ意義があるのである。それこそが『土左日記』の方法なのである。それを近世の歌学者の注釈のように、「貫之」だと特定してしまうことは、『土左日記』の本質を理解していないことになる。「ある人」＝「貫之」であり、かつ、「ある人」≠「貫之」なのである。

　したがって、「ある人の子の童」＝「貫之の子の童」と特定してしまう説も同様である。「童」の存在も「ある人」と等しく、特定できないように韜晦しているのが、むしろ方法なのである。

　「童」が登場し、和歌を詠む場面は全部で七例ある。①当該一月七日「ある人《ひと》の子《こ》の童《わらは》」、②当該一月十一日「ありける女童《をむなわらは》」、③一月十五日「女《め》の童《わらは》」、④一月廿一日「童《わらは》」、⑤一月廿二日「男《を》の童《わらは》」、⑥一月廿六日「女《め》の童《わらは》」、⑦二月五日「ある童《わらは》（わらは）」。①と②を特に同一人物として読むべき特別な根拠は何も無く、七つの場面に登場する童たちは相互に関連は無いと考えて、特に問題は生じないだろう。①と②とが同一人物では無いと判断する決定的な理由は、①の和歌が名歌として絶賛されているのに対して（貫之の旧作の転用だから当然だが）、②の和歌は上手な歌ではないが一同の気持を代弁していたので忘れられないものとなったと、理由が記されているとおりである。逆説的なもの言いになってしまうが、以上のように近世歌学が提示した「童」の「同一人物説」という読みがなされたのも、振り返って意味付けがなされるという、初期散文の特性が活かされたためであると考えられる。

　なお、表記《エクリチュール》の上からも、「女童《をむなわらは》」と「女《め》の童《わらは》」とは、まったく別の存在と認識すべきであろう。「をむなわらは」という仮名表記は、（WOMNA-WARAWA）という音を現わし、「めのわらは」という仮名表記は、（ME-NO-WARAWA）という音を現わしており、別の存在といえるからである。

**一七　今宵、月は海にぞ入る**

　菊地靖彦は小学館新編日本古典文学全集の頭注四（24頁）において、「大湊に擬される前浜などから海に没する月は見えない（竹村義一）。五行後の「てる月の…」の歌を出すための虚構。室津での「月出でにけり」（三三ページ一三行）の虚構に通う」という注目すべき指摘をしている。

　「てる月の……」の歌が詠み出されるために業平の歌があり、その業平の歌が引かれるために海上に沈む月が必要となる、というかたちである。「みやこにて……」の歌の場合も同様で、この歌が詠まれるためには、仲麿の故事がひかれねばならぬし、仲麿の故事が引かれるためには海上から出る月がなくてはならぬこととなる。つまり、作者の意識では業平の歌や仲麿の故事、または「あるひと」の歌が風光より先に、すでにあるのである。自然はしばしば作者にとって都合のよい歌や故事を引用するために、さらにいえば、それらをきわめて時宜にかなったものとするために、意図的に構成されさえしたのである（菊地「『土左日記』『古今集』以後における貫之」桜楓社、一九八〇年）。

31頁

**二四　〈郡の境の内は〉とて**

　木村茂光（「『土佐日記』の主題について」木村編『歴史から読む『土佐日記』』東京堂出版、二〇一〇年）は、「奈半の泊は現在の高知県安芸郡奈半利町に比定されているし、行程からいっても土佐「国の境」とは理解できない。すでに指摘されているように、これは国府が所在した長岡郡を「国」と表記し、その隣の香美郡との境を意図したものであろう」とし、日記の終盤の「山崎」（「山城国の南の入り口（摂津国と山城国の境）国府が在る」）と「対」で、理解すべきことを指摘している。「船旅の出発時においては奈半の泊という「国」の境」が公性＝政治的世界の終焉であった。その終着時においては、山崎という「国の境」が公性＝政治的世界の入り口であったのである」。

　続いて木村は「私的世界と女童・童らの和歌」という独自な見解を披瀝している。「承平五年正月九日の奈半の泊から同年二月八日の鳥飼の御牧ないし十六日の山崎までの間が、私のいう『土佐日記』の私的世界」であった。／この私的世界の特徴は「女童」「童」を中心とした庶民の和歌が登場することである」、「前半の公的世界の終焉が正月九日で、童の詠歌の開始が正月七日であった。そして後半の公的世界の始まりが二月七日ないし十五日であったのに対し、童の詠歌の最後は二月五日、「淡路島の大い御」の詠歌は二月六日であった。（…）童ら名もなき庶民の和歌は「私的世界」の期間にすっぽり収まるのである。このことは『土佐日記』の私的世界を代表するのが彼ら庶民の和歌であり、詠歌であったことを示していると言ってよいだろう」。

**二九　船の人も見へずなりぬ**

　漢詩文の対句的な発想において紡がれた場面という点では、別れ行く船の側と岸の側と、二つの視点から相互の心情を綴った当該場面は出色であり、『土左日記』の描写の中において、もっとも成功を収めている例だと思われる。

（船からの視点）海《うみ》のほとりに留《と》まれる人《ひと》も遠《とほ》くなりぬ。
（岸からの視点）　　船《ふね》の人もみへずなりぬ。
（船からの視点）　　岸《きし》にも言《い》ふ事《こと》あるべし。
船《ふね》にも思ふ事《こと》あれど、甲斐《かひ》なし。

別離の場面を書き手が意図して二つの視点から描こうとしたと考えるよりは、漢詩文の発想が呪縛することで結果的に「対」の視点となってしまったと考えるべきであり、期せずして相互描写の視点を獲得することができたのである。

32頁

**四　宇多の松原を行き過ぐ**

「宇多」の松原に比定される伝承地は、高知県内に四か所ほどあるが（井手幸男・橋本達弘『土佐日記を歩く―土佐日記地理辨　全訳注―』高知新聞社、二〇〇三年参照）、いずれも地理的近似や「宇土《うど》」や「兎田《うさいだ》」という地名の音に類似性を求めたもので、当該描写風景に適った「宇多」という地名は存在しない。貫之が土佐守として在任中に、庇護に預かった宇多上皇が亡くなっており、上皇を偲ぶ意図から説かれている（竹村義一「宇多の松原」『土佐日記の地理的研究土佐国篇』笠間書院、一九七七年）。

**六　根ごとに波うち寄せ**

鶴（丹頂）の脚は骨格の仕組みから木の枝を掴むことができないので、松の枝に止まることはできない。したがって「松に鶴」は瑞祥だが、大陸渡来の観念的な図柄にすぎない。

鹿持雅澄の『土佐日記地理辨』にも、「一説ニハ、此ニイヘル鶴ハ、常ノ鶴ニハアラズ、鵠ナルベシ。漢土ニテモ、鵠・鶴混ジイヘルコトアリ。吾古モシカナリケント、思ヒ合セラル、コトアリ。鵠ハ松柏ニヨク巣クフモノナリトイヘリ」という考証があるように、当該「鶴」の正体は、「鵠《くぐい》」すなわち、コウノトリである。

鶴（丹頂）は泥湿地の地面に営巣育雛し、コウノトリは高い木の上に営巣育雛する。伝統的な歌語においても「田鶴」と呼ばれる方が「鶴」の用例よりも多く、渡来の「松鶴図」（片桐洋一「松鶴図淵源考―古今集時代研究序説（一）―」『国語国文』一九六〇年六月）、唐絵の定着以降に書かれた屛風絵・屛風歌の「鶴」は、コウノトリを誤認したものと思われる。

**七　見渡せば松の末ごとに住む鶴は**

わが宿の松の梢にすむ鶴は千代のゆかりと思ふべらなり（貫之集・五一）。

当該場面の歌も、屛風歌の中の虚構の風景を詠んだもの。

33頁

**二一　これならず多かれども、書かず**
→前掲「三　**他人々のもありけれど、さかしきもなかるべし**」（63頁）参照。

34頁

**五　ありける女童なむ**
→前掲「一　**ある人の子の童なる**」（67頁）参照。
なお、品川和子全訳注『土佐日記』講談社学術文庫は、近世歌学者の注釈を継承し、比較的詳細な説明をしている。

**一〇　「数は足らでぞ帰るべらなる」**
→前掲「一二　**都へと思ふをものの悲しきは**」（64頁）参照。

35頁

**一六　海を見やれば、雲も皆波とぞ見ゆる海人もがな**
『土佐日記』の全篇における和歌の詠じられ方、すなわち詠歌の表記《エクリチュール》に注目をして詠歌の状況を見渡してみると、実に興味深いことに気づくのである。

『土佐日記』は、虚構の世界の内側に設定された書き手である「女」の立場から、詠歌主体を三人称で提示するような叙述が為されている。したがって通常の場合は、

……いといたく賞《め》でて、行《ゆ》く人《ひと》の詠《よ》めりける、
棹《さを》させど底《そこ》ひも知《し》らぬわたつみの深《ふか》き心《こころ》を君《きみ》に見《み》るかな　（25頁）

とか、

……また、ある人《ひと》の詠《よ》める歌《うた》、
水底《みなそこ》の月《つき》の上《うへ》より漕《こ》ぐ船《ふね》の棹《さを》に触《さは》るは桂《かつら》なるらし　（37頁）

あるいはまた、

……女《め》の童《わらは》の言《い》へる、
立《た》てば立《た》つ居《ゐ》ればまた居《ゐ》る吹《ふ》く風《かぜ》と波《なみ》とは思《おも》ふ同士《どち》にやあるらむ　（36頁）

という具合に、「詠《よ》めりける」・「詠《よ》める歌《うた》」・「言《い》へる」等のことばが、次に来る言説が「和歌」であることを明示的に予告するスタイルとなっている。

もっとも、詠歌が二首続く場合は、

……この間《あひだ》に、ある人《ひと》の書《か》きて言《い》だせる歌《うた》、
都《みやこ》へと思《おも》ふをものの悲《かな》しきは帰《かへ》らぬ人《ひと》のあればなりけり
また、ある時《とき》には、
あるものと忘《わす》れつつなほ亡《な》き人《ひと》を何《いづ》らと問《と》ふぞ悲《かな》しかりける　（24～25頁）

とか、

……密《ひそ》かに心《こゝろ》知《し》れる人《ひと》と言《い》へりける歌《うた》、

生《う》まれしも帰《かへ》らぬものをわが宿《やど》に小松《こまつ》のあるを見《み》
るが悲《かな》しさ

とぞ言《い》へる。なほ飽《あ》かずやあらむ、また、かくなむ。

見《み》し人《ひと》の松《まつ》の千年《ちとせ》に見《み》ましかば遠《とほ》く悲《かな》しき別《わか》れせ
ましや

（61頁）

という具合に、二首めの和歌を予告することばが、「また、ある時《とき》には」「また、かくなむ」ということばに代替されるが、その文脈から読者は次に来るのが和歌であることは、容易に理解できるはずだ。他にも単独の詠歌の予告が、別なことばで代替される場合もあるが、いずれにしても、事前に次に来る言説が和歌であることを明示するスタイルとなっているのが、『土左日記』の詠歌の常態である。

これらに関しては、執筆者＝紀貫之が明らかに和歌であることを明示しているのであるから、今日の商品としての『土左日記』、その見栄えということを考慮するならば、改行をして書き出すことに異を唱える理由はないと言える。

したがって問題はそうではない場合、例外的な箇所の対処方法についてである。

一つは執筆者が「和歌」であることを、あえて隠そうという意図をもって表記《エクリチュール》した場合。そしてもう一つの場合は、叙述する言説が通常とは異なる場合である。

前者は二例ある。まず、一つめの例を、例えば岩波新日本古典文学大系の表記《エクリチュール》によって引用すれば、次のようになる。

十三日の暁《あかつき》に、いさゝかに雨降《あめふ》る。しばしありて止《や》みぬ。女《をむな》これかれ、「沐浴《ゆあみ》などせむ」とて、あたりのよろしき所《ところ》に下《お》りて行《ゆ》く。海《うみ》を見《み》やれば、

雲《くも》もみな波《み》とぞ見《み》ゆる海人《あま》もがないづれか海《うみ》と問
ひて知《し》るべく

となむ歌詠《うたよ》める。

（35頁）

しかし、事前に次に来る言説が和歌であることを予告し明示しないとすれば、そしてこのように改行が為されていないとすれば、読者は、「雲《くも》もみな波《み》とぞ見《み》ゆる……」を、「海《うみ》を見《み》やれば、……」に続けて読むはずである。続けて読めば、それは「和歌」ではなくて、「地の文」である。線条的に読み振り返った時に「和歌」であったということに気づくという、仕掛けである。散文の言説の特性が活かされた表記《エクリチュール》であると言えるだろう。これは『源氏物語』の言説分析においては、「移り詞」と言われているものに相当する（池田節子「移り詞」秋山虔編『別冊國文學　源氏物語事典』一九八九年五月）。

ここでは先行研究である小松英雄の指摘を追認することになるのだが（小松英雄「仮名連鎖の複線構造」『古典再入門『土左日記』を入ぐちにして』笠間書院、二〇〇六年、

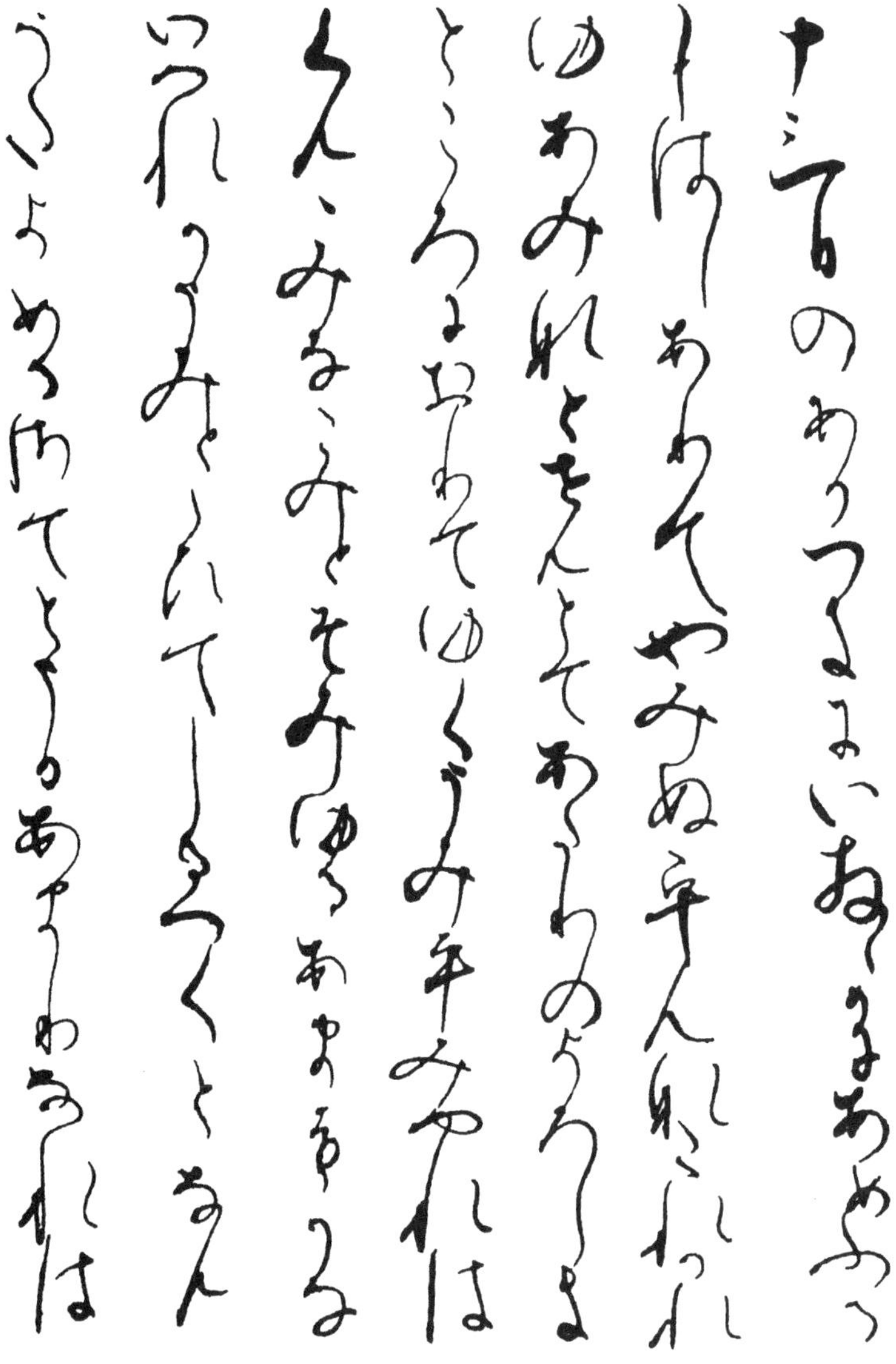
十三日のあかつきにいさゝかにあめふる
しはしありてやみぬ女これかれ
ゆあみなとせんとてあたりのよろしき
ところにおりてゆくうみを見やれは
くもゝみなゝみとそみゆるあまもかな
いつれかうみとゝひてしるへくとなん
うたよめるさてとをかあまりなれは

青谿書屋本（東海大学桃園文庫蔵）

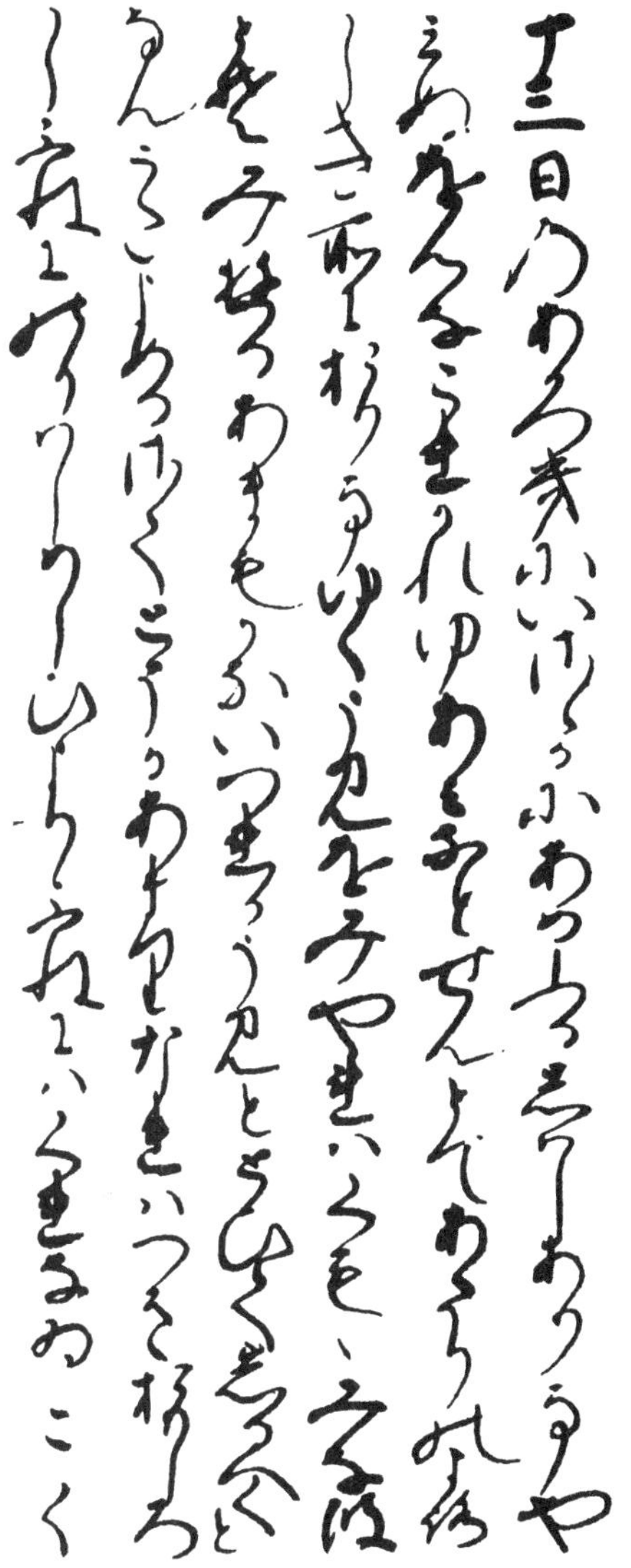

日本大学図書館本（松木宗綱自筆本系）
（日本大学総合学術情報センター所蔵）

91~92頁）、定家の奥書によるならば、貫之自筆本においては、和歌を表記するにあたって、改行をせずに一字か二字分の空白、闕字を置いている。青谿書屋本では、「うみをみやれは」が行の終わりに来ていて、「くもゝみな」は次の行の頭になっているので、闕字が有るか無いかは判然としないが、異本の日本大学図書館本（松木宗綱自筆本系）を参照するならば、闕字は無く、連続していることが確認できるだろう。

日本大学本の影印および活字翻刻の注釈書、小久保崇明・小田切文洋・星谷明子共編『新註　土左日記』（笠間書院、一九八八年）一六（八ウ）頁頭注一は、「地の文から歌への融合表現」とする。本書では、前述のように、「移り詞」の術語を用いることにする。

遺憾なことに現行の活字本には、そうした問題に対する認識が欠落している。『土左日記』の表記《エクリチュール》、その特性という観点からは看過できない箇所である。そこで本書においては、『土左日記』の言説の体系、関係性を考慮し、「地の文」から「和歌」への移行の言説については、できるだけ『源氏物語』研究における、「移り詞」として処理しようと思う。

**二一　心にもあらぬ脛に上げて見せける**

古今集・巻十九雑体・誹諧歌

七月六日、七夕の心をよめる　藤原兼輔朝臣

1014 いつしかとまたく心を脛にあげて天の川原を今日や渡らむ

諸注、右の歌を引歌と指摘する。ただし、当該歌、通説は「七夕」を「彦星」と理解されているが、小松英雄の批判もあるように（『古典文法で説明できない構文』『丁寧に読む古典』笠間書院、二〇〇八年）、「七夕」は「織姫」であり、女性でなくては、「誹諧歌」の意味が活きてこないだろう。読み手である兼輔が女の立場で詠んでいるのであり、「女性仮託」の歌、「女歌」である。

37頁

**二七　ある人のまた詠める**

→前掲「一　ある人の子の童なる」（67頁）参照。

39頁

**二六　山の端も無くて、海の中よりぞ出で来る**

→前掲「一七　今宵、月は海にぞ入る」（69頁）参照。

41頁

**一八　物言ふやうにぞ聞こへたる**

語り手から差別視されている楫取の発話に、和歌のことばの萌芽を語る場面は、この後にも、

……楫取《かぢとり》、船子《ふなこ》どもに言《い》はく、「御船《みふね》よりおふせ給《た》ぶなり。朝北《あさきた》の出《い》で来《こ》ぬ先《さき》に、綱手《つなで》はや曳《ひ》け」と言《い》ふ。この言葉《ことば》の歌《うた》の様《やう》なるは、楫取《かぢとり》の自《おの》づからの言葉《ことば》なり。楫取《かぢとり》は、うつたへに、〈吾《われ》、歌《うた》のやうなる事言《ことい》ふ〉とにもあらず。聞《き》く人《ひと》の、「奇《あや》しく歌《うた》めきても言《い》ひつるかな」とて、書《か》き出《い》だせれば、げに三十文字《みそもじ》あまりなりけり。

（51頁）

42頁

**三　国より始めて**

『土左日記』は、ほぼ全編が「ある人」「船君」等と称呼される前国守（貫之）に近侍している「女」の視点から三

人称的に叙述がなされているのだが、当該場面のみ、前国守の一人称叙述の独白（モノローグ）によって綴られている。

欧米の言説研究で言うところの、「自由直接言説」（free direct discourse）である。ジェラルド・プリンスは「自由直説言説」を、「所与の登場人物の発話・思考を、語り手の介在（付加（tag）、引用符号、ダッシュなど）を排除して、あたかも当該登場人物が為しているかのように提示する言説の類型（type of discourse）。（…）」という説明をしている（「自由直説言説」『物語論辞典』（遠藤健一訳松柏社、初版一九九一年、増補第3刷二〇〇四年）。

日本文学研究において言説分析は未だ発展途上にあるので、従来「自由直説言説」を表記する方法が無かった。取り敢えずの試みとして、本書ではゴチックで表記した。あくまでも「便宜」である。

欧米では、どのような表記で区別が為されているのか、その一例として手許にある村上春樹の日本語の小説『１Ｑ８４』を例にして、日本語表記の原典とその米語訳とを比較参照してみることにしよう。

> １Ｑ８４年――私はこの新しい世界をそのように呼ぶことにしよう、青豆はそう決めた。
>
> Ｑはquestion markのＱだ。疑問を背負ったもの。
>
> 彼女は歩きながら一人で肯《うなず》いた。
>
> 好もうが好むまいが、私は今この「１Ｑ８４年」に身を置いている。私の知っていた１９８４年はもうどこにも存在しない。今は１Ｑ８４年だ。空気が変わり、風景が変わった。私はその疑問符つきの世界のあり方に、できるだけ迅速に適応しなくてはならない。新しい森に放たれた動物と同じだ。自分の身を護《まも》り、生き延びていくためには、その場所のルールを一刻も早く理解し、それに合わせなくてはならない（村上春樹「第9章（青豆）」『１Ｑ８４ Book1〈4月-6月〉前編』新潮文庫、二〇一二年。259頁）。

原典の日本語の小説『１Ｑ８４』において、村上春樹は叙述の主体、語る主体を、「私」という一人称と「青豆」という三人称とによって書き分けている。ここがポイントだろう。

周知のように『風の歌を聞け』を始めとする村上の初期三部作が、「僕」を主人公とした「一人称の小説」と理解されているのに対して、『１Ｑ８４』という長編小説は、「青豆」と「天吾」という二人の主人公の話が、互い違い交互にバロック音楽のフーガのように叙述される形式を執っているためか、村上春樹の作品の中では「三人称の小説」だという理解がなされているようである。だが、前掲の理由から一概にそうだともいえないだろう。

つまり、「私は…」「私の…」という一人称の叙述＝「自由直接言説」が多用されていることによって、「青豆」という特異な人物のあくまでも「他人事《ひとごと》」としての出来事が、「私」という記号の作用によって、読者とイコールの「私」自身の出来事として変換され、読み手に同化し、享受されるという仕掛けなのだ。

このように日本語の『1Q84』という小説は、「自由直接言説」を技法として駆使することによって、読者は登場人物の「青豆」の思考に「同化」し、「共感」することができる仕掛けを有しているのである。

*1Q84—that's what I'll call this new world,* Aomame decided.

*Q is for "question mark." A world that bears a question.*

Aomame nodded to herself as she walked along.

*Like it or not, I'm here now, in the year 1Q84. The 1984 that I knew no longer exists. It's 1Q84 now. The air has changed, the scene has changed. I have to adapt to this world-with-a-question-mark as soon as I can. Like an animal released into a new forest. In order to protect myself and survive, I have to learn the rules of this place and adapt myself to them.*

(Haruki Murakami. 1Q84. Trans. Jay Rubin and Philip Gabriel. New York: Alfred A. Knopf. 2011. p. 110)

米語訳版の翻訳者ジェイ・ルービン（Jay Rubin）は、言説に忠実である。『1Q84』の原典の日本語の文の叙述をかなり忠実に、「どのように語られているのか」という観点から見ても、完璧に米語に翻訳変換していると言えるだろう。ジェイ・ルービンは、女主人公「青豆」が、「彼女」として三人称で述べている部分は常体で、「私は」という一人称の独白である部分、「自由直接言説」に相当する部分は斜体（イタリック体）で表記している。欧米において「自由直接言説」は、斜体によって表記されることが通常のことのようである。

しかし、日本語を斜体の表記にすると、かなり奇妙であって、あまり見栄えが良くない。そこで、「自由直接言説」に相当する部分を、本書では「ゴチック体」で表記してみることにしたのである。あくまでも、便宜として。

43頁

**一七　海賊の恐りあり**

海賊への言及は、以下のとおり。

廿一日、〈海賊報《かいぞくむく(い)》ゐせむ〉、廿三日、「この辺《わた》り、海賊《かいぞく》の恐《おそ》りあり」と言《い》へば、神《かみ》仏《ほとけ》を祈《いの》る。
廿五日、「海賊追《かいぞくお》ひ来《く》」と言《い》ふ事《こと》、絶《た》えず聞《き》こゆ。
廿六日、「海賊追《かいぞくお》ふ」と言《い》へば、夜中《よなか》ばかりより船《ふね》を出《い》だして…
卅日、「海賊《かいぞく》は夜歩《よある》きせざなり」と聞《き》きて、夜中《よなか》ばかりに船《ふね》を出《い》だして、阿波《あは》の水門《みと》を渡《わた》る。…今《いま》は和泉《いつみ》の国《くに》に来《き》ぬれば、海賊《かいぞく》ものならず。

噂だけで結局、海賊は出現しなかったが、それを恐れる感情に突き動かされて航海が進められたのも事実である。『貞信公記』（藤原忠平）延長九年（八三一）一月廿一日条が海賊に関する記事の初見で、これは貫之が土佐に赴任した翌年に当たるという。

44頁

**三 「淡路の専女」**

33頁7行「専女《たうめ》一人《ひとり》」、53頁12行「かの船酔《ふなゑひ》の淡路《あはぢ》の島《しま》の大《おほ》い御《ご》」、54頁8行「淡路専女《あはぢたうめ》」、55頁2行「淡路《あはぢ》の御《ご》」は同一人物だと思われる。

45頁

**八 「日を望めば、都遠し」**

李太白詩集・巻一五「遥カニ長安ノ日ヲ望メバ、長安ノ人ヲ見ズ、長安ノ宮闕九天ノ上」による。この詩は、『晋書』巻六の「明帝紀」の故事による。晋の明帝が幼時、父元帝から長安と太陽とどちらが遠いかを問われ、太陽から人は来ないから人の来る長安が近いと言い、またその次に、太陽は目に見えるから長安より近いと答えたと言う。

51頁

**一七 この言葉の歌の様なるは**

書き手は、「五・七・五・七・七」という短歌の定型が、自己が軽蔑し差別意識を伴う対象として見ていた楫取の、しかもその日常のことばから生成して来ることを説いている。なお、楫取の発する言語に雅やかな印象を感じ、意外に思っていたことは、これ以前にもあった。

↓前掲「一八 **物言ふやうにぞ聞こえたる**」（76頁）参照。

53頁

**一八 いたく、「住の江」、「忘れ草」、「岸の姫松」**

「住の江」は「澄み」の意を掛けた歌枕の地、「忘れ草」は景物で「憂さ」を忘れる意を掛け、「岸の姫松」も景物で優美可憐な物名である。いずれも住吉の神に関わる歌語であるが、神じたいは捧げ物をしなければ波を立てて人を困らすような、現世利益的な神であり、歌語がイメージさせる優美さからは遠い。

**一九　楫取の心は、神の御心なり**

厳密な音韻上は、「かぢとり」の「ヂ」(di)の音と、「字」の音の「ジ」(ji)ないし(zi)の音とは異なる。だが、地口の洒落の思考とは、そうしたものであろう。「もじり」「なまり」の類の、ヂ＝ジの「音韻相通」と理解すべきである。『土左日記』は、言語遊戯の思考の産物であることを忘れてはならない。

56頁

**二　見れば、おもしろかりける所なり**

「渚の院」の場面は、従来、解釈に問題を残してきた箇所である。そこでは「語る主体」(＝語る立場)が次々と移行しており、「誰が」、「どのような」立場から語っているのかという話声の分析の観点、すなわち言説分析の視座を導入しない限り、明断な説明がつかないのである。

かくて、船《ふね》曳《ひ》き上《のぼ》るに、「渚《なぎさ》の院《(ゐん)》」といふ所《ところ》を見《み》つつ行《ゆ》く。その院《(ゐん)》、昔《むかし》を思《おも》ひ遣《や》りて見《み》れば、おもしろかりける所《ところ》なり。後方《しりへ》なる岡《をか》には、松《まつ》の木《き》どもあり。中《なか》の庭《には》には、梅《むめ》の花《はな》咲《さ》けり。ここに、人々《ひとびと》の言《い》はく、「これ、昔《むかし》、名高《なだか》く聞こへたる所《ところ》なり。故惟喬《(こ)これたか》の親王《みこ》の御供《おほむとも》に、故在原《(こ)ありはら》の業平《なりひら》の中将の、世《よ》の中《なか》に絶へて桜《さくら》の咲《さ》かざらば春の心《こころ》はのどけからまし」といふ歌《うた》詠《よ》める所《ところ》なりけり。今《いま》、今日《けふ》ある人《ひと》、所《ところ》に似たる歌《うた》詠《よ》めり。

千代《ちよ》経《へ》たる松《まつ》にはあれど古《いにし》への声《こゑ》の寒《さむ》さは変《か》はらざりけり　(56頁)

船の一行は、「渚の院」を眺めつつ航行する。「見れば」は、船に乗船する一行を代表する視線を指示していることばである。その「見れば」は、傍線部「おもしろかりける所《ところ》なり」・「松《まつ》の木《き》どもあり」・「梅《むめ》の花《はな》咲《さ》けり」とそれぞれに呼応して、「自由間接言説」(free indirect discourse)である。ジェラルド・プリンスは、「普通、その内部に、二つの文体、二つの言語、二つの声、二つの意味論的・価値論的体系の標識を混淆的に持つと考えられている。(…)」とする(G・プリンス「自由間接言説」『物語論辞典』(遠藤健一訳松柏社、初版一九九一年、増補第3刷二〇〇四年)。プリンスが「二つ」を強調するのは、ミハイル・バフチンの「二声仮説」を意識してのことであろう(M・バフチン「小説における言語的多様性　散文の二声性と詩の両義性」『小説の言葉 附:「小説の言葉の前史より」』(伊東一郎訳平凡社ライブラリー、一九九六年)。

「自由間接言説」、これは船上の一行の認知・認識（一人称・独白）であると同時に、この場面を語る語り手の叙述の声（三人称・対話）でもある。登場人物たちの声と語り手の声と、同じ一つの文を共有しながらも、異なる二つの立場から、並行（平行）して、異質な話声が二重に響くのである。

「人々《ひとびと》の言《い》はく」は、一行の発話を指示することばであり、「これ、昔《むかし》、名高《なだか》く聞こえたる所《ところ》なり」は、一行の会話文である。しかし、これ以降は、語る主体が、この場面を語る叙述になだれ込むように移行しており、すなわち「移り詞」なのである（→前掲「**一六　海を見やれば、雲も皆波とぞ見ゆる海人もがな**」参照（72頁））。したがって、一行の会話文の閉じ目の括弧「」」を付けることはできない。在原業平の著名な和歌は、会話文の中の歌であるので、本来は二重の鉤括弧『』で表記すべきなのだが、主体は転換してしまっているので、ここは閉じ目の括弧、つまり括りの部分、「　』」しか表記することはできないのである。

また「…といふ歌詠《うたよ》める所《ところ》なりけり」は、「自由間接言説」であり、一行の発話（一人称・対話）であると同時に、語り手の叙述（三人称・独白）でもある。

57頁

**一三　なかりしもありつつ帰る人の子を**

当該和歌の詠歌スタイルは、『土左日記』の和歌としては、きわめて異例である。『土左日記』において和歌が詠じられる時は、「詠《よ》めりける」・「詠《よ》める歌《うた》」・「言《い》へる」等のことばが、次に来る言説が「和歌」であることを明示的に予告するスタイルとなっているという、一定の法則性が帰納的に指摘できた（→前掲「**一六　海を見やれば、雲も皆波とぞ見ゆる海人もがな**」参照（72頁））。

当該和歌は、「これを見《み》て、昔《むかし》の子《こ》の母《はゝ》、悲《かな》しきに堪《た》へずして、」という地の文から、予告のことば無しに、唐突に和歌が詠じられている唯一の例である。

之ヲ言フニ足ラズ、故ニ之ヲ嗟歎ス、之ヲ嗟歎スルニ足ラズ、故ニ之ヲ詠歌ス。　（『毛詩』序）

亡児の母の嗟歎の感情が、「日常のことば（→散文）」を「和歌のことば（→詩的言語）」に変成させたものと理解できる。（→事項「**一五　如何あらむ。かうやうの事も歌も**」参照（82頁））

『土左日記』は、当該場面以前にも、楫取を主体として「和歌」と「散文」の関係性について、語っていた。それは変哲もない「日常のことば（→散文）」の中から連続して「和歌のことば（→詩的言語）」が生成して来るであろうことを、暗示的予感的に主張していた。

それは、

……「黒鳥《くろとり》」といふ鳥、岩《いは》の上《うへ》に集《あつ》まり居《を》り。その岩《いは》の下《もと》に、波白《なみしろ》く打《う》ち寄《よ》す。楫取《かぢとり》の言《い》ふやう、「黒《くろ》鳥《とり》の下《もと》に、白《しろ》き波《なみ》を寄《よ》す」とぞ言《い》ふ。この言葉《ことば》、何《なに》とにはなけれども、物言《ものい》ふやうにぞ聞《き》こへ《（え）》たる。人《ひと》の程《ほど》に合《あ》はねば、咎《とが》むるなり。（41頁）

であり、

……楫取《かぢとり》、船子《ふなこ》どもに言《い》はく、「御船《みふね》よりおふせ給《た》ぶなり。朝北《あさきた》の出《い》で来《こ》ぬ先《さき》に、綱手《つなで》はや曳《ひ》け」と言《い》ふ。この言葉《ことば》の歌《うた》の様《やう》なるは、楫取《かぢとり》の自《おの》づからの言葉《ことば》なり。楫取《かぢとり》は、うつたへに、〈吾《われ》、歌《うた》のやうなる事言《ことい》ふ〉とにもあらず。聞《き》く人《ひと》の、「奇《あや》しく歌《うた》めきても言《い》ひつるかな」とて、書《か》き出《い》だせれば、げに三十文字《みそもじ》あまりなりけり。（51頁）

そして、当該亡児の母の詠歌の場面である。「日常のことば（→散文）」の中から連続して、如何に「和歌のことば（→詩的言語）」が生成して来るであろうかという問いへの回答である。楫取をめぐる前二例には無かったプラスαが、その触媒となっている。それは「嗟歎」であり、物に感じる心である。それが「日常のことば（→散文）」を「和歌のことば（→詩的言語）」に変成させたというのであろう。

**一五　如何あらむ。かうやうの事も歌も**

詩者志之所レ之。在レ心為レ志、発レ言為レ詩。情動二於中一、而形二於言一。言レ之不レ足、故嗟二−歎之一。嗟二歎之不レ足、故詠二歌之一。（『毛詩』序）

（詩ハ志ノ之《ゆ》ク所ナリ。心ニ在リテハ志ト為《な》リ、言ニ発シテハ詩ト為ル。情中ニ動キテ言ニ形《あら》ハル。之ヲ言フニ足ラズ。故ニ之ヲ嗟歎ス。之ヲ嗟歎スルニ足ラズ。故ニ之ヲ詠歌ス）

やまとうたは、人の心を種として、よろづの言の葉とぞなれりける。世の中にある人、ことわざしげきものなれば、心に思ふことを、見るもの聞くものにつけて言ひ出せるなり。（『古今集』仮名序）

『毛詩』序と『古今集』仮名序の主張を踏まえ、「和歌のことば（→詩的言語）」の生成を、『土左日記』は亡児の母の嗟歎の感情に見る。「うた」の語源の一つに「訴う」が想定されるように、激情の迸り発動が、「日常のことば（→散文）」を、「和歌のことば（→詩的言語）」に変成させるというのである。

なお、人の心は普遍的で中国も日本も変わらないという発想は、一月廿日の阿倍仲麻呂の挿話と共通する。

58頁

**四　山崎に泊れり**

木村茂光（「『土佐日記』の主題について」木村編『歴史から読む『土佐日記』』東京堂出版、二〇一〇年）は、「山崎」（「山城国の南の入り口（摂津国と山城国の境）国府が在る」）を、旅の始発における「境界」、「奈半の泊」との「対」で、理解すべきだと指摘していた（↓前掲「二四**〈郡の境の内は〉とて**」参照（70頁））。

なお「山崎」に「境界」性を指摘する論は、木村に先行して久保田孝夫にもあった（「山城国「山崎」の文学風土―境界の視座から―」『講座 平安文学論究』第十三輯、風間書房、一九九八年）。久保田は、近年これと同趣旨の論を再度提示しており（「『土佐日記』の「山崎」」『中古文学』第八七号、二〇一一年五月）、それによれば、一一日から一六日という六日間もの長期逗留の理由を、仮説として当時山城守をしていた源公忠との交流に求めていた。歴史的背景という蓋然性を追究する真摯な論ではあるが、同論が公忠との親交を強調すればするほど、「うたて思ほゆ」という『土左日記』の文脈に反し、解釈としては馴染まないように思われる。

# 参考文献

凡例

一、この目録は明治時代以降（一八六八年一月から二〇二〇年七月まで）の『土左日記』に関する書誌情報を収めたものである。

一、Ⅰ注釈書、Ⅱ影印本、Ⅲ索引、Ⅳ研究書、Ⅴ論文の五項目に分類し、特に本書の凡例・解説・補注に引用されている文献には、＊（アステリスク）を付して示した。

## Ⅰ　注釈書


楢崎隆存『土佐日記纂註』（中野啓蔵、一八八三）

久留間與三『標註土佐日記』（日新館、一八八四）

佐佐木弘綱注解・小中村清矩閲『土佐日記俚言解　添註上・下』（文苑堂、一八八四）

富田銀一郎『土佐日記註釈　上・下巻』（金松堂、一八八六）

出雲路興通『土佐日記参釈』（佐々木樗一郎、一八九〇）

小田清雄『標註土佐日記講義』（野村鶴三、一八九一）

岡吉胤『土佐日記略解』（岡吉胤、一八九一）

斎藤普春『土佐日記　纂註』（学友館、一八九一）

増田于信『土佐日記　校訂標註』（誠之堂、一八九一）

三木五百枝『学階試験科目全書　第五巻　土佐日記講義』（水穂会、一八九一）

福島成行『土佐日記地理考』（東陽堂、一八九二）

星野忠直『土佐日記　冠註傍解』（図書出版会社、一八九二）

須藤南翠『土佐日記千曳磐』（金桜堂、一八九二）

井上喜文『土佐日記読本　考異冠註』（杉本七百丸、一八九三）

石田道三郎『土佐日記講義』（吉川半七、一八九三）

小田清雄『標註土佐日記　文章解剖』（文栄堂、一八九三）

佐佐木信綱『土佐日記　校註』（博文館、一八九四）

明治書院編輯部編・落合直文閲『中等教育国文読本　第三編　土佐日記読本』（明治書院、一八九六）

今泉定介『中等教育和漢文講義　土佐日記講義』（誠之堂書店、一八九七）

鈴木弘恭著・吉野弘隆校補『土佐日記考証』（青山清吉、一八九八）

猪熊浅麻呂『土佐日記講義』（貝葉書院、一八九八）

富士谷御杖『土佐日記燈　上・中・下』（国光社、一八九九）

岸本由豆流『土佐日記考證上・下巻』（須原屋茂兵衛、一九〇〇）

中村朝貞『土佐日記拾遺抄』（温史堂、一九〇一）

佃清太郎『土佐日記講解』（秀美書院、一九〇四）

篠田真道『新撰百科全書　第七八編　土佐日記読本　附・註解』（修学堂、一九〇九）

田山停雲『土佐日記新釈』（井上一書堂、一九〇九）

室松岩雄編『紫式部日記解　土佐日記考証　蜻蛉日記解環　長明方丈記抄　方丈記流水抄　方丈記泗説』（國學院大學出版部、一九〇九）

富田豊彦『土佐日記註釈』（求信堂ほか、一九一〇）
有馬与藤次『土佐日記通解 頭註』（崇文館ほか、一九一〇）
中村徳五郎『新訳土佐日記 新訳十六夜日記』（富田文陽堂、一九一二）
和田鼎・松崎双葉『袖珍土佐日記詳解』（尚士堂、一九一二）
三浦理・塚本哲三編『平安朝日記集』（有朋堂書店、一九一三）
吉川秀雄『校定土佐日記講義』（精文館書店、一九二三）
白石勉『土佐日記・土佐日記地理弁』（高知高校、一九二五）
鳥野幸次『校註土佐日記』（明治書院、一九二六）
塚本哲三編『平安朝日記集』（有朋堂書店、一九二七）
吉沢義則編『全譯王朝文学叢書第一一巻　土佐日記　かけろふの日記　和泉式部日記』（王朝文学叢書刊行会、一九二七）
正宗敦夫・與謝野寛 ほか編纂校訂『日本古典全集　第二回　土佐日記　蜻蛉日記　更級日記』（日本古典全集刊行會、一九二八）
植松安校註『土佐日記』（国民図書、一九二九）
岸本由豆流・香川景樹・田中大秀・鹿持雅澄・橘守部『日本文学古註大成第五　土佐日記考・土佐日記創見・土佐日記解・土佐日記地理辨・土佐日記舟の直路』（国文名著刊行会、一九二九）
橘純一『要註国文定本総聚一七　土佐日記』（広文堂、一九二九）
池田亀鑑『岩波文庫　土佐日記』（岩波書店、一九三〇）
小室由三『土佐日記全釈』（広文堂、一九三〇）
永田義直『土佐日記新講』（岡村書店、一九三〇）
中山泰昌『校註日本文学大系　普及版　第3巻　土佐日記』（誠文堂、一九三一）
宇佐見喜八『土佐日記新釈』（正文堂、一九三二）
森本治吉『新訂要註土佐日記』（三省堂、一九三三）
山田孝雄『土佐日記（三条西家本）』（古典保存会、一九三三）
藤村作『現代語訳国文学全集土佐日記』（非凡閣、一九三八）
＊臼田甚五郎『古典文学叢書　学生の為の土佐日記の鑑賞』（興文館、一九三八）
池田正式ほか『未刊国文古註釈大系第一三冊　土佐日記　蜻蛉日記　紫式部日記　枕草紙存疑』（帝国教育会出版部、一九三九）
＊池田亀鑑『古典の批判的処置に関する研究』（岩波書店、一九四一）
松尾聡『土佐日記（三条西家本複製）』（武蔵野書院、一九四三）
北村季吟著・相磯貞『土佐日記抄』（三狩野書房、一九四八）
今泉忠義『土佐日記精解』（技報堂文教社、一九四九）
鈴木知太郎『昭和校註土佐日記』（武蔵野書院、一九四九）
鳥野幸次『土佐日記』（明治書院、一九五〇）
萩谷朴『日本古典全書土佐日記―紀貫之全集』（朝日新聞社、一九五〇）
小西甚一『土佐日記評解』（有精堂、一九五一）
中田祝夫『新註国文学叢書　土佐日記』（大日本雄弁会講談社、

一九五二）
臼田甚五郎『対訳土佐日記』（日生文館、一九五三）
佐藤謙三ほか『現代語訳日本古典文学全集　土佐日記』（河出書房、一九五四）
萩谷朴『土佐日記新釈』（要書房、一九五四）
佐藤謙三ほか『現代語譯日本古典文学全集　土佐日記　蜻蛉日記　紫式部日記　和泉式部日記』（河出書房、一九五四）
野中春水『土佐日記新釈』（白揚社、一九五五）
佐山済『土佐日記・更級日記』（福村書店、一九五五）
鈴木知太郎ほか『日本古典文学大系　二〇　土左日記　かげろふ日記　和泉式部日記　更級日記』（岩波書店、一九五七）
森三千代『土佐日記　王朝日記集』（筑摩書房、一九六〇）
萩谷朴ほか『講座解釈と文法第四　竹取物語　伊勢物語　土佐日記　大和物語　かげろふ日記　宇津保物語　更級日記・大鏡』（明治書院、一九六〇）
三谷栄一『角川文庫　土佐日記』（角川書店、一九六〇）
安部喜三男『文法・文脈・整理一八　土佐日記の探求』（有朋堂、一九六六）
＊萩谷朴『日本古典評釈・全注釈叢書　土佐日記全注釈』（角川書店、一九六七）
松田武夫『日本歌人講座中古の歌人　紀貫之』（弘文堂、一九六八）
萩谷朴『日本古典全書　土佐日記　新訂版』（朝日新聞社、一九六九）
鈴木知太郎校注『土左日記 校註』（笠間書院、一九七〇）
日本文学研究資料刊行会編『日本文学研究資料叢書平安朝日記　土佐日記　蜻蛉日記』（有精堂出版、一九七一）
久松潜一ほか編・池田弥三郎訳『日本の古典七　王朝日記随筆集　土佐日記　蜻蛉日記　枕草子　和泉式部日記　紫式部日記　更級日記』（河出書房新社、一九七一）
松村誠一校注・訳ほか『日本古典文学全集　土佐日記　蜻蛉日記』（小学館、一九七三）
竹西寛子『日本の旅人二　紀貫之　土佐日記』（淡交社、一九七四）
服部幸造『古典新釈シリーズ六　土佐日記』（加藤中道館、一九七五）
鈴木知太郎・山田瑩徹共編『新注校訂土左日記』（武蔵野書院、一九七五）
鈴木知太郎・伊坂裕次校註『土左日記　おくのほそ道』（笠間書院、一九七六）
『北村季吟古註釈集成一　土佐日記抄』（新典社、一九七八）
鈴木知太郎『岩波文庫　土左日記』（岩波書店、一九七九）
菊地靖彦『「古今集」以後における貫之』（桜楓社、一九八〇）
岸本由豆流『国文註釈全書第九　土佐日記考証』（国学院大学出版部、一九八〇）
村瀬敏夫訳注『土佐日記：現代語訳対照』（旺文社、一九八一）

片桐洋一ほか『完訳日本の古典第一〇巻　竹取物語　伊勢物語　土佐日記』（小学館、一九八三）
品川和子全訳注『講談社学術文庫　土佐日記』（講談社、一九八三）
今井卓爾『土佐日記：訳注と評論』（早稲田大学出版部、一九八六）
市古貞次・小田切進編／中田武司校注・訳『日本の文学古典編六　伊勢物語　土左日記』（ほるぷ出版、一九八六）
村瀬敏夫 訳注『対訳古典シリーズ　土佐日記』（旺文社、一九八八）
池田弥三郎『日本古典文庫八　土佐日記　蜻蛉日記　和泉式部日記　更級日記』（河出書房新社、一九八八）
木村正中『新潮日本古典集成　土佐日記　貫之集』（新潮社、一九八八）
小久保崇明ほか『新註土左日記』（笠間書院、一九八八）
土居重俊『土佐日記　全訳注』（高知市文化振興事業団、一九八九）
＊長谷川政春ほか『新日本古典文学大系二四　土佐日記　蜻蛉日記　紫式部日記　更級日記』（岩波書店、一九八九）
川瀬一馬『講談社文庫　土佐日記』（講談社、一九八九）
＊村瀬敏夫 編『日本文学コレクション土佐日記』（翰林書房、一九九四）
＊菊地靖彦・木村正中ほか『新編日本古典文学全集　土佐日記　蜻蛉日記』（小学館、一九九五）
森山京ほか『二一世紀によむ日本の古典四　土佐日記　更級日記』（ポプラ社、二〇〇一）
中田武司『土佐日記解』（勉誠出版、二〇〇三）
林望『すらすら読める土佐日記』（講談社、二〇〇五）
西山秀人『角川ソフィア文庫ビギナーズ・クラシックス　土佐日記』（角川書店、二〇〇七）
菊地靖彦ほか『日本の古典をよむ七　土佐日記　蜻蛉日記　とはずがたり』（小学館、二〇〇八）
木村正中 校注『新潮日本古典集成 土佐日記 貫之集 新装版』（新潮社、二〇一八）

Ⅱ　影印本

鈴木知太郎・松尾聡『土佐日記（影印本）』（古典文庫、一九四九）
萩谷朴『影印本　土左日記（新訂版）』（新典社、一九六八）
鈴木知太郎『土佐日記（日大本影印）』（笠間書院、一九六九）
村瀬敏夫『東海大学蔵桃園文庫影印叢書第九巻　土佐日記　紫式部日記』（東海大学出版会、一九九二）
前田育徳会『国宝土佐日記』（勉誠出版、二〇〇九）

Ⅲ　索引

風間力三「土佐日記動詞分類索引」（『甲南大学文学会論集　国文学編』一-一五、一九六一・八）
日本大学文理学部国文学研究室編『土佐日記総索引』（日本大

学文理学部人文科学研究所、一九六七）

平林文雄「『土佐日記』の研究（その校本と助詞・助動詞索引）」（『木更津工高専紀要』七、一九七四・三）

工藤紀子「定家本土佐日記仮名字母索引」（『東洋大学短期大学論集日本文学編』二〇、一九八四・三）

平林文雄「『土左日記』総索引（一般語彙篇）」（『群馬県立女子大学国文学研究』八、一九八八・三）

## Ⅳ　研究書

中村多麻『定本土佐日記異本研究並に校訂』（岩波書店、一九三五）

今井卓爾『平安朝日記の研究』（啓文社、一九三五）

『アサヒ写真ブック九五　土佐日記』（朝日新聞社、一九五九）

目崎徳衛『人物叢書　紀貫之』（吉川弘文館、一九六一）

玉井幸助『日記文学の研究』（塙書房、一九六五）

＊大岡信『日本詩人選七　紀貫之』（筑摩書房、一九七一）

＊竹村義一『土佐日記の地理的研究　土佐国篇』（笠間書院、一九七七）

村瀬敏夫『紀貫之伝の研究』（桜楓社、一九八一）

＊長谷川政春『紀貫之論』（有精堂、一九八四）

村瀬敏夫『日本の作家八　紀貫之　宮廷歌人』（新典社、一九八七）

片桐洋一編集・執筆『新潮古典文学アルバム五　伊勢物語・土佐日記』（新潮社、一九九〇）

津島佑子『古典の旅二　伊勢物語　土佐日記』（講談社、一九九〇）

村瀬敏夫編『日本文学コレクション　土佐日記』（翰林書房、一九九四）

萩谷朴『風物ことば十二ヵ月』（新潮社、一九九八）

平沢竜介『古今歌風の成立』（笠間書院、一九九九）

萩谷朴『紫式部の蛇足　貫之の勇み足』（新潮社、二〇〇〇）

＊木村正中『中古文学論集第四巻　土佐日記・和泉式部日記・紫式部日記・更級日記』（おうふう、二〇〇二）

＊井出幸男・橋本達広『土佐日記を歩く』（高知新聞社、二〇〇三）

竹西寛子・西村亨『ビジュアル版日本の古典に親しむ一〇　蜻蛉日記と王朝日記（更級日記・和泉式部日記・土佐日記）男と女、それぞれの日記文学』（世界文化社、二〇〇六）

三木俊五郎『土左日記〝歌伝書説〟』（教育出版センター、二〇〇六）

＊小松英雄『古典再入門『土左日記』を入りぐちにして』（笠間書院、二〇〇六）

津本信博編・解説『日記文学研究叢書第一巻　土佐日記』（クレス出版、二〇〇六）

佐藤省三『『土佐日記』を推理する　改訂版』（文芸社、二〇〇七）

*神田龍身『ミネルヴァ日本評伝選　紀貫之―あるかなきかの世にこそありけれ―』（ミネルヴァ書房、二〇〇九）
東原伸明『古代散文引用文学史論』（勉誠出版、二〇〇九）
*木村茂光編『歴史から読む『土佐日記』』（東京堂出版、二〇一〇）
東原伸明『土左日記虚構論：初期散文文学の生成と国風文化』（武蔵野書院、二〇一五）
池澤夏樹　個人編集・堀江敏幸訳ほか『日本文学全集〇三　竹取物語　伊勢物語　堤中納言物語　土佐日記　更級日記』（河出書房新社、二〇一六）
東原伸明　ヨース・ジョエル　編『土左日記のコペルニクス的転回』（武蔵野書院、二〇一六）
原田英祐『東洋町資料集　第六集　土佐日記・歴史と地理探訪：付・地誌、日記』（原田英祐、二〇一八）
倉本一宏監修『日記で読む日本史』四（臨川書店、二〇一八）
国土社編集部　編『人物で探る！日本の古典文学　大伴家持と紀貫之：万葉集　土佐日記　古今和歌集　伊勢物語ほか』（国土社、二〇一八）
小松英雄『土左日記を読みなおす：屈折した表現の理解のために』（笠間書院、二〇一八）
金小英『早稲田大学エウプラクシス叢書　〇一九　平安時代の笑いと日本文化：『土佐日記』『竹取物語』『源氏物語』を中心に』（早稲田大学出版部、二〇一九）
大野ロベルト『紀貫之：文学と文化の底流を求めて』（東京堂出版、二〇一九）
原田英祐『東洋町資料集　第六集土佐日記・歴史と地理探訪　改訂版』（原田英祐、二〇二〇）

## Ⅴ　論文

三宅米吉「土佐日記中の一節」（『國學院雑誌』一―四、一八九五・二）
高橋龍雄「註釈本の模範」（『国文学界』三、一九〇〇・一）
佐佐木信綱「紀貫之」（『日本歌学史』博文館、一九一〇）
松尾捨治郎「小疑三束」（『國學院雑誌』二五―八、一九一九・八）
藤田徳太郎「紀貫之論」（『和歌史論』アルス社、一九二四）
池田亀鑑「蓮華王院蔵貫之自筆土佐日記の本文」（『日記・和歌文学』至文堂、一九三三）
池田亀鑑「蓮華王院藏貫之自筆土左日記の本文に關する研究―新資料三條西家本（天文廿二年本）を通じて」（『国語と国文学』一〇―九、一九三三・九）
斎藤清衛「旅の日本文学史（四）」（『旅と伝説』七―四、一九三四・四）
山田孝雄「土佐日記に地理の誤あるか」（『文学』三―一、一九三五・二）
岩淵悦太郎「『定本土佐日記異本研究並に校註』」（『国語と国文学』一二―七、一九三五・七）

小宮豊隆「土佐日記の研究」（『日本文学講座』五、一九三五・九）
白石勉「土佐日記新見」（『国語解釈』一-三、一九三六・四）
白石勉「土佐日記新見」（『国語解釈』一-四、一九三六・五）
白石勉「土佐日記新見」（『国語解釈』一-五、一九三六・六）
野村宗朔「土佐日記新見に対する異見」（『国語解釈』一-七、一九三六・八）
野村宗朔「土佐日記新見に対する異見追記」（『国語解釈』一-八、一九三六・九）
鈴木知太郎「土佐日記新見を読みて」（『国語解釈』一-一〇、一九三六・一一）
鈴木知太郎「土佐日記新見を読みて（承前）」（『国語解釈』一-一一、一九三六・一二）
野村宗朔「土佐日記新見に対する異見追記補訂」（『国語解釈』二-四、一九三七・四）
五十嵐力「放たれたる文学『土佐日記』」（『日本文学全史　巻三-四　平安朝文学史 上巻』東京堂、一九三七）
秀樹生「宇多の松原について―土佐日記―」（『古典研究』二-一〇、一九三七・一〇）
金井辰郎「紀貫之と『土佐日記』」（『古典研究』三-三、一九三八・三）
小川寿一「土佐日記聞書は池田正式の講注か」（『国語と国文学』一五-五、一九三八・五）
清水文雄「土佐日記序章」（『文芸文化』一-二、一九三八・八）
加藤惣一「貫之の文学―土佐日記正月廿日の条の解釈」（『文芸文化』一-六、一九三八・一二）
池田亀鑑「土佐日記のや行の「エ」の仮名」（『国語と国文学』一八-六、一九四一・六）
中村多麻「土左日記の一写本とその処置の問題―池田亀鑑氏の近業に関して（一）―」（『文学』九-六、一九四一・六）
高木博「土左日記俳諧論」（『古典研究』六-八、一九四一・八）
原田清「「ものしが」か「しがあし」か―土佐日記解釈の或る観点に就て―」（『国語と国文学』一八-八、一九四一・八）
池田亀鑑「土左日記の一伝本の批判について」（『文学』九-九、一九四一・九）
中村多麻「青谿書屋本の仮名遣と本文の疑義―池田亀鑑氏の近業に関して（二）―」（『文学』九-九、一九四一・九）
中村多麻「池田氏所蔵為相本の価値―池田亀鑑氏の近業に関して（三）―」（『文学』九-一一、一九四一・一一）
池田亀鑑「文献批判に於ける「臨摹」の意義」（『文学』一一-一、一九四二・一）
池田亀鑑「為相本土左日記の成立」（『文学』一〇-二、一九四二・二）
堀部正二「定家自筆本土佐日記流伝小史」（『中古日本文学の研究』教育図書株式会社、一九四三）
樋口寛「土佐日記における貫之の立場」（井本農一ほか『古典文学探究』成武堂、一九四三）

清水文雄「衣通姫の流（承前）」（『文芸文化』七–二、一九四四・二）
萩谷朴「土佐日記新見」（『国語と国文学』二四–五、一九四七・五）
正木信一「土佐日記における和歌と散文」（『文学』一五–一一、一九四七・一一）
重友毅「土佐日記について」（『国語と国文学』二五–六、一九四八・五）
萩谷朴「土佐日記は歌論書か」（『国語と国文学』二五–六、一九四八・五）
清水泰「土佐日記の女性仮託説を排す」（『立命館文学』七〇～七二、一九四九・一〇）
＊益田勝実「紀貫之と島田公鑒の国司交替」（『日本文学史研究』二、一九四九・一一）
清水泰「土佐日記の一考察」（『平安文学研究』二、一九四九・一二）
石川徹「土佐日記における虚構の意義」（『国文学の新研究：藤村博士帰還記念論文集』愛知書院、一九五〇）
西下経一「紀貫之」（『日本文学講座第2巻　古代の文学　後期』、河出書房、一九五〇）
臼井歳次「土佐日記の虚構」（『国文学研究』三、一九五〇・一一）
鳥塚啓子「江戸時代に於ける土佐日記の註釈書論―土佐日記抄と土佐日記考証との比較」（『古典論叢』二、一九五一・九）
築島裕「土佐日記と漢文訓読」（『新註国文学叢書土佐日記（附録）』大日本雄弁会講談社、一九五二）
松田成穂「土佐日記雑感」（『平安文学研究』九、一九五二・五）
山脇毅「土左日記の読み方」（『語文／大阪大学』六、一九五二・七）
池田亀鑑「岩波文庫「土佐日記」「紫式部日記」の改版について」（『図書』三六、一九五二・九）
岡村務「対句法の本質と背景―紀貫之の文体を中心に―」（『国文学研究』七、一九五二・一〇）
山脇毅「土左日記の読み方補遺正誤」（『語文／大阪大学』八、一九五三・三）
阪倉篤義「土佐日記の歌と地の文」（『国語国文』二二–五、一九五三・五）
萩谷朴「古典解釈「おもひつき」―わたのとまりのあかれのところ（土佐日記）―」（『季刊二松文学』五、一九五三・五）
西下経一「土佐日記―女流日記の先駆―」（『國文學解釈と鑑賞』一九–一、一九五四・一）
北条忠雄「土佐日記「おんなおきなにをしつべし」私見」（『秋田大学学芸学部研究紀要』四、一九五四・三）
萩谷朴「土佐日記」（『國文學解釈と鑑賞』一九–七、一九五四・七）
野村貴次「「土佐日記抄」成立に関する疑問」（『東大附属論集』一、一九五五・二）
浅野和子「土佐日記―王朝日記―貫之―俳味―」（『宮城学院国文学会会誌』一三、一九五五・三）
古田東朔「楫取魚彦自筆　土佐日記県居説（上）」（『文芸と思想』一〇、一九五五・七）
池田勉「土佐日記ははたして貫之の作か」（『成城文芸』六、一

九五六・一）
小原幹雄「『土佐日記』制作についての小論」（『島根大学論集：人文科学』六、一九五六・二）
古田東朔「楫取魚彦筆　土佐日記県居説（下）」（『文芸と思想』一二、一九五六・七）
中島利一郎「『土佐日記』の著者は女性である」（『読書春秋』七−八、一九五六・八）
中川浩文「中古の文芸作品における形容詞―「その一の一」語彙篇―（その一、竹取物語伊勢物語土佐日記・紫式部日記）」（『京都女子大学紀要（文学部篇）』一三、一九五六・九）
遠藤嘉基「貫之の「文体と表現意識」―土佐日記の文章を通して―」（『京都大学文学部研究紀要』四−二、一九五六・一一）
渥美功「土佐日記私註―その名などぞや今思ひ出でむ―」（『解釈』三−八、一九五七・八）
徳田進「文章撰格の成立の研究―吉田家保存の未紹介資料と土佐日記関係資料を中心として―」（『関東短期大学紀要』四、一九五七・一二）
宇佐美喜三八「季吟の日記を中心とする一つの問題」（『語文／大阪大学』二〇、一九五八・六）
渋谷孝「土佐日記における和歌―その意義と機能―」（『文芸研究』（日本文芸研究会）二九、一九五八・七）
花田清輝「泥棒論語（喜劇三幕五場）―「土佐日記」によるファンタジー―」（『新劇』五−一三、一九五八・一〇）
小林芳規「土佐日記の文体」（『王朝文学』一、一九五八・一二）
国崎望久太郎「土佐日記創見」（『論究日本文学』九、一九五八・一二）
近藤一一「土佐日記に於ける自然―その主観性について―」（『国語国文学報』九、一九五九・一）
西谷智章「土佐日記にみえる大湊の正月」（『王朝文学』二、一九五九・六）
近藤一一「土佐日記に於ける人間―貫之の対人意識について―」（『平安文学研究』二三、一九五九・七）
井村哲夫「土佐日記「ななそぢやそぢはうみにあるもの」」（『國文學 解釈と教材の研究』四−一一、一九五九・八）
佐藤謙三「土佐日記の構成」（『國學院雑誌』六〇−一〇、一九五九・一〇）
清水泰「土佐日記の女性仮託説を排す」（『日本文学論考』初音書房、一九六〇）
佐藤謙三「土佐日記の構成」（『平安時代文学の研究』角川書店、一九六〇）
曾田文雄「土佐日記の表現意識―叙述観点の転換にみる―」（『平安文学研究』二四、一九六〇・三）
五藤明生「土佐日記の研究―制作意図の一考察―」（『国語国文学研究論文集』五、一九六〇・三）
西本貞「紀貫之の方法―その笑いをめぐって―」（『日本文学研究／高知日本文学研究会』四、一九六〇・四）

鈴木知太郎「土佐日記の構成―特に対照法的手法について―」（『語文／日本大学』八、一九六〇・五）
萩谷朴「土佐日記講読余録（一）」（『解釈』六―一〇、一九六〇・一〇）
近藤一一「土佐日記の文体について」（『平安文学研究』二五、一九六〇・一一）
萩谷朴「土佐日記講読余録（二）」（『解釈』六―一一、一九六〇・一一）
萩谷朴「土佐日記講読余録（三）」（『解釈』六―一二、一九六〇・一二）
坂井与「春雨物語「海賊」の典拠について」（『國學院雜誌』六二―一、一九六一・一）
斎藤道親「土佐日記「言はれほのめく」をめぐって《解釈の問題点》」（『國文學解釈と教材の研究』六―三、一九六一・一）
萩谷朴「土佐日記講読余録（四）」（『解釈』七―二、一九六一・二）
大森郁之助「亡児追悲の意味―土佐日記の物語的構成の一面―」（『解釈』七―二、一九六一・二）
峯岸義秋「土佐日記と問答歌」（『文芸研究／日本文芸研究会』三七、一九六一・三）
渋谷孝「文章からみた土佐日記の性格」（『文芸研究／日本文芸研究会』三七、一九六一・三）
北畠弘子「仮名散文成立の内的必然性について―土佐日記をめぐって―」（『国語国文研究』一八・一九、一九六一・三）
萩谷朴「土佐日記講読余録（五）」（『解釈』七―三、一九六一・三）
萩谷朴「土佐日記講読余録（六）」（『解釈』七―五、一九六一・五）
萩谷朴「土佐日記講読余録（七）最終回」（『解釈』七―八、一九六一・八）
川中建雄「我国の古代文学に現われた色彩に関する研究―土佐日記の〝紅濃くよき衣着ず〟の考察」（『松山商大論集』一二―三、一九六一・一〇）
渋谷多文「土佐日記の文構造」（『国文学攷』二六、一九六一・一〇）
鈴木一彦「橘守部の国語意識（三）―土佐日記舟の直路について―」（『山梨大学学芸学部研究報告』一二、一九六二・三）
井上親雄「二つの型」（『河』二、一九六二・三）
伊原昭「土左日記の色彩表現」（『語文／日本大学』一三、一九六二・六）
清水孝之「平安文学と四国―土佐日記の気象条件―」（『國文學解釈と教材の研究』七―九、一九六二・七）
吉田幸一「藤原義孝日記について―土佐日記に続く男性の仮名日記―」（『平安文学研究』二九、一九六二・一一）
松田武夫「土佐日記創作の動機と態度」（『香椎潟』八、一九六二・一二）
久保田博「土佐日記東灘抄」（『室戸町誌』一九六二・一二）
築島裕「古今集仮名序と漢文訓読」（『平安時代の漢文訓読につきての研究』東大出版会、一九六三）
＊木村正中「土佐日記の構造」（『文芸研究／明治大学』一〇、一

九六三・三）
北山谿太「土佐日記雑考」（『國文學　解釈と教材の研究』五―六、一九六三・四）
萩谷朴「土佐日記の和歌の作者についての再説」（『解釈』九―四、一九六三・四）
石原昭平「仮名文学と仮名文字―土佐日記に至るまで―」（『文芸と批評』一、一九六三・九）
萩谷朴「土佐日記創作の功利的効用」（『国語と国文学』四〇―一〇、一九六三・一〇）
野村貴次「『土佐日記附註』の刊行と『土佐日記抄』（上）」（『中央大学文学部紀要』三二、一九六四・一）
萩谷朴「紀貫之・何故「土佐日記」を仮名で書いたか―著者との対談形式で―」（『國文學　解釈と教材の研究』九―一、一九六四・一）
長田久男「土佐日記における文の構造―文の構造の記述法の試み―」（『論究／日本文学』二二、一九六四・一）
松村誠一「土佐日記の「地理の誤り」について」（『高知大学学術研究報告』一三、一九六四・二）
桜井茂治「『土佐日記』転写本の仮名遣について―「お」「を」の仮名遣とアクセントの関係―」（『國學院雑誌』六五―五、一九六四・五）
池田裕「土佐日記助動詞用例一覧」（『麗沢大学紀要』四、一九六四・五）
鈴木知太郎「土左日記〔古典文学研究必携〕」（『國文學　解釈と教材の研究』九―八、一九六四・六）
大橋清秀「土佐日記論（上）」（『日本文学論究』二三、一九六四・九）
塚原鉄雄「土佐日記冒頭試論」（『解釈』一〇―一〇、一九六四・一〇）
鈴木知太郎「土佐日記」（『平安朝文学史』明治書院、一九六五・四）
大橋清秀「土左日記論（下）」（『日本文学論究』二四、一九六五・四）
「土佐日記（多和文庫本）（翻刻）」（『阿南工高専研究紀要』一、一九六五・一〇）
鈴木知太郎「土左日記の虚構」（『國文學　解釈と教材の研究』一〇―一四、一九六五・一二）
境田四郎「土左日記「わたのとまりのあかれのところ」」（『梅花女子大学文学部紀要』二、一九六五・一二）
佐藤高明「土佐日記と後撰集」（『明阿南工業高専研究紀要』二、一九六六・二）
野崎史子「土佐日記について」（『東洋大学短期大学論集国語篇』二、一九六六・三）
池田裕「土佐日記における形容詞の用法」（『麗沢大学紀要』六、一九六六・三）
石原昭平「土佐日記の説話的享受と歌説話の貫之」（『文芸と批評』二―一、一九六六・六）
長谷川政春「伊勢物語成立論序説―紀貫之作者説と内教坊妓女―」（『国学院雑誌』六七―九、一九六六・九）

萩谷朴「土佐日記本文の日付けの読み方」（『解釈』一三―一、一九六七・一）
清水孝之「今村楽の土佐日記研究と「花園日記」」（『高知女子大学紀要』一五、一九六七・二）
長谷川政春「紀貫之論（1）—屏風歌から歌物語へ—」（『古典評論』一、一九六七・三）
室伏信助「土佐日記と貫之」（『跡見学園国語科紀要』一五、一九六七・三）
長谷川信好「田中大秀　土佐日記解翻刻」（『大阪外語大学報』一七、一九六七・三）
白井たつ子「『土佐日記』執筆の動機」（『紀要／ノートルダム清心女子大』一、一九六七・四）
長谷川政春「紀貫之論（2）—その虚構性について—」（『古典評論』二、一九六七・八）
関守鷹夫「貫之の修辞—土佐日記と古今集—」（『愛媛国文研究』一七、一九六七・一二）
菊地靖彦「『土佐日記』一月二十日の条について」（『解釈』一三―一二、一九六七・一二）
榊規矩子「土佐日記地理考証—阿波国の場合—」（『平安文学研究』三九、一九六七・一二）
長谷川政春「紀貫之論（3）—「近江」歌詠とその背景—」（『古典評論』三、一九六八・一）
福井貞助「土佐日記と在原業平」（『文経論叢』三―三、一九六八・二）
松本猛彦「「土佐日記」の叙法と貫之の表現素地」（『日本文学研究／高知日本文学研究会』六、一九六八・三）
菊地靖彦「土佐日記論—古今集巻九羇旅部との関連において—」（『文芸研究／東北大』五九、一九六八・六）
菊地靖彦「土佐日記二月九日の条について—土佐日記論序説—」（『文学・語学』四八、一九六八・六）
徳満澄雄「山鹿素行筆土佐日記付註—祐徳神社蔵中川文庫本土佐日記耳塵および書陵部本土佐日記抄について—」（『文学語学』四八、一九六八・六）
清水好子「日記意識と言語の自立について」（『国語通信』一〇七、一九六八・六）
長谷川政春「紀貫之論（4）—氏族文芸の継承—」（『古典評論』四、一九六八・七）
野村貴次「『土佐日記抄』の書誌的考察」（『国語と国文学』四五―一〇、一九六八・一〇）
木村正中「紀貫之・土佐日記」（『國文學　解釈と教材の研究』一四―一、一九六九・一）
長谷川政春「紀貫之論（5）—土佐日記へのアプローチ—」（『古典評論』五、一九六九・一）
中野均一郎「土佐日記に書かれた天文現象」（『三重大学教育学部研究紀要』四三、一九六九・三）
宮腰賢「土佐日記の国語学的考察—土佐日記定家本の性格—」

（『国語国文学／東京学芸大』四、一九六九・七）

清水義秋「定家本土佐日記本分析資料」（『古典の諸相』二四、一九六九・一一）

星田良光「古典研究上の「定家」—土佐日記の場合を中心に—」（『古典の諸相』一二、一九六九・一一）

菊地靖彦「土佐日記における歌の詠者としての幼童の意味について」（『国語と国文学』四六—一二、一九六九・一二）

長谷川政春「紀貫之論（6）—幇間性と諧謔性と—」（『古典評論』六、一九六九・一二）

風巻景次郎「紀貫之」（『風巻景次郎全集五巻　和歌の伝統』桜楓社、一九七〇）

萩谷朴「紀貫之」（和歌文学会 編『和歌文学講座第六巻　王朝の歌人』桜楓社、一九七〇）

菊地靖彦「貫之における仮名文の意義について—古今集仮名序と土佐日記にふれて—」（『文芸研究／東北大』六三、一九七〇・一）

村川和子「引歌の発生、育生期における表現技巧—伊勢物語、土佐日記、宇津保物語、落窪物語を中心として—」（『国文目白』九、一九七〇・一）

白石守直「土佐日記の姿勢—藤原のときざね八木のやすのり講師における諧謔—」（『解釈』一六—三、一九七〇・三）

長谷川政春「紀貫之論（7）—イメージの原形質と言語意識と—」（『古典評論』七、一九七〇・九）

清水義秋「本文転化に見る定家の書写意識—「土左日記」の場合—」（『日本文学論考　古典編』三九、一九七〇・一一）

石原昭平「『土佐日記』以前の紀行文—仮名文『宮滝御幸記』をめぐって—」（『東横国文学』三、一九七〇・一二）

樋口寛「「土佐日記」に於ける貫之の立場」（日本文学研究資料刊行会 編『日本文学研究資料叢書　平安朝日記 一（土佐日記・蜻蛉日記）』有精堂出版、一九七一）

萩谷朴「土佐日記は歌論書か」（日本文学研究資料刊行会 編『日本文学研究資料叢書　平安朝日記 一（土佐日記・蜻蛉日記）』有精堂出版、一九七一）

南波浩「土佐日記の本質」（日本文学研究資料刊行会 編『日本文学研究資料叢書　平安朝日記 一（土佐日記・蜻蛉日記）』有精堂出版、一九七一）

鈴木知太郎「土佐日記の構成」（日本文学研究資料刊行会 編『日本文学研究資料叢書　平安朝日記 一（土佐日記・蜻蛉日記）』有精堂出版、一九七一）

渋谷孝「土佐日記における和歌」（日本文学研究資料刊行会 編『日本文学研究資料叢書　平安朝日記 一（土佐日記・蜻蛉日記）』有精堂出版、一九七一）

川口久雄「土佐日記の成立とその漢文学的地盤」（日本文学研究資料刊行会 編『日本文学研究資料叢書　平安朝日記 一（土佐日記・蜻蛉日記）』有精堂出版、一九七一）

遠藤嘉基「貫之の「文体と表現意識」」（日本文学研究資料刊行会 編『日本文学研究資料叢書　平安朝日記 一（土佐日記・蜻

蛉日記）』有精堂出版、一九七一）
築島裕「土佐日記と漢文訓読」（日本文学研究資料刊行会 編『日本文学研究資料叢書 平安朝日記 一（土佐日記・蜻蛉日記）』有精堂出版、一九七一）
萩谷朴「紀貫之」（日本文学研究資料刊行会 編『日本文学研究資料叢書 平安朝日記 一（土佐日記・蜻蛉日記）』有精堂出版、一九七一）
秋本守英「「諧謔」の表現価値—土佐日記文章の一側面—」（『解釈』一七—七、一九七一・七）
福井貞助「続土佐日記と在原業平」（『文経論叢』七—一、一九七一・一二）
白石守道「土佐日記の史的課題—古物語時代の散文精神—」（『解釈』一八—一、一九七二・一）
栗原敦「『土佐日記』『かげろふ日記』『紫式部日記』における表現の展開」（『試行』三五、一九七二・二）
北原美紗子「土佐日記における助詞モの意味について」（『國語國文學會誌／学習院大』一五、一九七二・二）
山崎勲「土佐日記は象徴的文学か」（『弘前大学国語国文学』三、一九七二・二）
宮崎荘平「女流日記文学の初発としての「土佐日記」」（『都大論究』一〇、一九七二・三）
長谷川清喜「土佐日記の贈答歌の解釈についての私見—主として語法的立場から—」（『語学文学』一〇、一九七二・三）
山田瑩徹「「土佐日記」における「おもしろ」「くるし」寸感—語彙史研究への手掛りとして—」（『語文』三七、一九七二・三）
清水孝之「近世航海資料より見た土佐日記の海事について」（『愛知県立芸術大学紀要』二、一九七二・三）
小町谷照彦「土佐日記と高光日記」（『國文學 解釈と鑑賞』三七—四、一九七二・四）
長谷川政春「紀貫之論（8）—和歌と散文のあいだ—」（『古典評論』八、一九七二・六）
渡辺秀夫「『土佐日記』私記—「土佐守亦儒者」と「放たれたる文学」のあいだ—」（『平安朝文学研究』三—三、一九七二・八）
奥村恒哉「土佐日記地理考証—山崎附近—」（『国語国文』四一—一〇、一九七二・一〇）
田所妙子「土佐日記の跡どころ（高知）（冬の歳時記）」（『短歌研究』二九—一一、一九七二・一一）
長谷川清喜「『土佐日記』二月四日の条の解釈私見—贈答歌をめぐって—」（『語学文学』一一、一九七三・三）
白井たつ子「和歌と日記—「土佐日記」「かげろふ日記」の場合を中心として—」（『和歌の本質と展開』二〇、一九七三・四）
長谷川政春「紀貫之論（9）—貫之歌の原質と位相—」（『古典評論』九、一九七三・四）
金子英二「土佐日記の虚構性—紀貫之の作劇才能—」（『桜美林大学・短大紀要』一三、一九七三・四）
竹村義一「土佐日記における地理上の問題点について」（『高知

女子大国文』九、一九七三・六）
長谷川政春「文学者・批評家としての紀貫之」（『日本文学』二二‐九、一九七三・九）
土居重俊「土佐日記と方言」（『高知大国文』四、一九七三・一二）
伊東武雄「蜻蛉日記の心情語（一）―土佐日記との関連でその一―」（『河』六、一九七四・二）
竹村義一「土佐日記地理考―一月十七日室津出航後引き返した泊りは、室津か、白浜か、津呂か―」（『甲南国文』二一、一九七四・三）
長谷川清喜「土佐日記の「いりたつ」考」（『語学文学』一二、一九七四・三）
三枝満「「土佐日記」帰京のくだりで」（『山梨県高校教育研究会国語部会研究紀要』八、一九七四・三）
青木恵子「紀貫之研究―「土佐日記」における社会諷刺を通して―」（『東洋大短大論集（日本文学編）』一〇、一九七四・三）
長谷川政春「《指導と実践》土佐日記」（『高等学校国語科教育研究講座九　古文三日記・随筆・戯曲』有精堂出版、一九七四）
千原美沙子「土佐日記ノート」（『古典と現代』四〇、一九七四・五）
菊地靖彦「土佐日記論」（『王朝』七、一九七四・九）
佐藤元子「土佐日記の文学的意図について」（『米沢国語国文』一、一九七四・九）
神尾暢子「土佐日記の諧謔表現―序説―」（『王朝』七、一九七四・九）
山田清市「伊勢物語の文体的考察―土佐日記との関係―」（『亜細亜大学教養部紀要』一〇、一九七四・一一）
堀川昇「土佐日記の方法形成試論―屏風歌の表現構造との関連を中心にして―」（『言語と文芸』七九、一九七四・一一）
福井貞助「古今六帖と土佐日記」（『文経論叢』一〇‐一、一九七四・一二）
萩谷朴「書かれざる土佐日記第四の主題」（『日本文學の傳統と歴史』桜楓社、一九七五）
山口博「身の上話とうわさ話―日記と歌語り」（『鑑賞日本古典文学　王朝日記』角川書店、一九七五）
山中裕「日記と記録」（『鑑賞日本古典文学　王朝日記』角川書店、一九七五）
小林茂美「紀氏流神人の地方拡散―下野・勝道伝承の質的測面」（『鑑賞日本古典文学　王朝日記』角川書店、一九七五）
萩谷朴「古今に独歩する児童文学としての『土佐日記』」（『鑑賞日本古典文学　王朝日記』角川書店、一九七五）
武者小路辰子「断続の日記・連続の日記―男の時間・女の時間」（『鑑賞日本古典文学　王朝日記』角川書店、一九七五）
大岡信「幻の世俗画―屏風絵と屏風歌のこと」（『鑑賞日本古典文学　古今和歌集後撰和歌集・拾遺和歌集』角川書店、一九七五）
福田益和「土佐日記管見―いわゆる亡児哀傷歌について―」（『長崎大学教養部紀要』一五、一九七五・一）
仲田庸幸「日記文芸の本質―土佐蜻蛉紫式部日記を中心に―」

（『国語国文論集』五、一九七五・二）
平林文雄「『土佐日記』の研究（続報）」（『木更津工業高専紀要』八、一九七五・三）
竹村義一「土佐日記地理考―室津津呂・室戸―」（『甲南国文』二二、一九七五・三）
江端義夫「ことばを見つめさせる国語教育―「土佐日記」の解釈をとおして―」（『国語教育研究』二一、一九七五・四）
鈴木太良「土佐日記私帖―折口信夫講義ノートより―」（『大阪城南女子短大研究紀要』一〇、一九七五・七）
山田瑩徹「土佐日記「わかすすき」について」（『国文学論攷』一九、一九七五・一〇）
竹村義一「土佐日記地理考―幻の港・大湊―（研究史編）」（『甲南女子大学研究紀要』一二、一九七五・一一）
竹村義一「土佐日記地理考―幻の港・大湊―（本論編）」（『平安文学研究』五四、一九七五・一一）
小町谷照彦「『土佐日記』の〈女〉」（『國文學　解釈と教材の研究』二〇―一五、一九七五・一一）
長谷川清喜「土佐日記正月廿日の条について」（『野田教授退官記念日本文学新見』笠間書院、一九七六）
岩野佳美「『くらぶ』攷―土佐日記の語彙の再検討（一）―」（『倉敷市立短期大学研究紀要』三、一九七六・二）
福井貞助「歌物語は土佐日記から何を得たか」（『文経論叢』一一―三、一九七六・三）
平林文雄「『土佐日記』の研究（第三報）」（『木更津工高専紀要』九、一九七六・三）
服部幸造「『土佐日記』覚え書き」（『大阪府立大学紀要（人文社会科学）』二四、一九七六・三）
堀川昇「土佐日記における亡児哀惜について―構成とのかかわりにおいて―」（『昭和学院短期大学紀要』一二、一九七六・三）
竹村義一「土佐日記地理考―国府―」（『甲南国文』二三、一九七六・三）
長谷川清喜「土佐日記における漢字表記の研究」（『訓点語と訓点資料』五七、一九七六・三）
長谷川清喜「青谿書本土左日記における仮名の分用―ヨの仮名の場合」（『国語国文学研究論文集』二一、一九七六・三）
森斌「来南録―土佐日記の先行文学として―」（『成城文芸』七八、一九七六・一〇）
塚原鉄雄「土佐日記の「必ずしも」」（『解釈』二三―二、一九七七・二）
堀川昇「土佐日記冒頭の一文をめぐっての小論―「日記文学」の方法にふれつつ―」（『昭和学院短期大学紀要』一三、一九七七・三）
森斌「土佐日記の自照性―「とまれかうまれとくやりてん」の意味」（『二松学舎大学論集』二九、一九七七・三）
北条忠雄「貫之の表記に見る語学上の諸問題とその解明―土佐日記「青谿書屋本」のもたらす寄与」（『小松代融一教授退職・

嶋稔教授退官記念国語学論集』一九七七・五）
津本信博「「土佐日記」・「更級日記」に見る定家の書写意識―本文解釈に関連して」（『早稲田大学教育学部学術研究国語・国文学編』二六、一九七七・一二）
長谷川政春「土佐日記論―作品論から作品論の彼方へ」（『論集中古文学三　日記文学作品論の試み』笠間書院、一九七八）
＊渡辺秀夫「土左日記に於ける和歌の位相―〈よむ〉と〈いふ〉」（『論集中古文学三　日記文学作品論の試み』笠間書院、一九七八）
萩谷朴「土佐日記と口承文芸」（『高校通信東書国語』一七〇、一九七八・一）
竹村義一「文学に現れた土佐の風土と人間―中古篇―『三教指帰』と『土佐日記』」（『甲南国文』二五、一九七八・三）
仲田庸幸「紀貫之と古今和歌集及び土左日記」（『源氏こぼれ草』一三、一九七八・三）
清水史「土左日記「またまからす」考」（『国学院大大学院文学研究科論集』五、一九七八・三）
北条忠雄「土佐日記本文および読解上の問題点―その提起と解明―」（『秋田大学教育学部研究紀要（人文社会科学）』二八、一九七八・三）
秋山嘉久「土左日記日付考」（『富山女子短期大学紀要』一〇、一九七八・四）
飯塚浩「『土佐日記』の和歌―屏風歌との関係について―」（『文学研究』四七、一九七八・七）
徳満澄雄「北村季吟自筆本「土佐日記抄」について」（『高知女子大国文』一四、一九七八・七）
藤村幸三「「土左日記」本文考―「土左日記考証」をふまえて―」（『滋賀大国文』一六、一九七八・一二）
木村正中「『土佐日記』の主題は何か」（『國文學　解釈と鑑賞』四四-二、一九七九・二）
野村精一「虚構、または方法について―散文空間への途―」（『國文學　解釈と鑑賞』四四-二、一九七九・二）
宮崎荘平「「土佐日記」の現在」（『國文學　解釈と鑑賞』四四-二、一九七九・二）
萩谷朴「貫之的なるもの」（『國文學　解釈と鑑賞』四四-二、一九七九・二）
古橋信孝「笑いの文学・諧謔の精神」（『國文學　解釈と鑑賞』四四-二、一九七九・二）
井上親雄「物語の方法―土左日記「それのとし」―」（『河』一三、一九七九・六）
大倉比呂志「土佐日記論―〈無化作用〉の文学―」（『文芸と批評』五-三、一九七九・一二）
清水義秋「藤原定家の用字と解釈と―土左日記「なくひ」の語義をめぐって―」（『平安文学研究』六二、一九七九・一二）
市村勲「「校異首書土佐日記」成立の意義について」（『三育学院短大紀要』八、一九七九・一二）
中田祝夫「土佐日記中の撥音の二種」（『中古語』有精堂出版、一

九八〇）
岩淵匡「『土佐日記』における漢字使用について」（『物語・日記文学とその周辺』桜楓社、一九八〇）
小川幸三「教材解釈土佐日記の二・三の特徴—十二月二十七日条を中心として—」（『国語国文研究と教育』八、一九八〇・一）
吉原栄徳「土佐日記著述の動機」（『園田国文』一、一九八〇・三）
田内瑞穂「土佐日記「大湊」考」（『國學院雑誌』八一—五、一九八〇・五）
高野晴代「『土佐日記』をよむ—「こころ」を視点として」（『日本女子大学大学院の会会誌』二、一九八〇・九）
松本寧至「土佐日記の諧謔—一月十三日の条「といひて」は順接である—」（『日本文学』二九—九、一九八〇・九）
竹西寛子「耳目抄—一九—四国の夏と「土佐日記」」（『ユリイカ』一二—一一、一九八〇・一〇）
渡辺久寿「『土佐日記』の内面的形成に関する覚え書—『古今集』離別歌の影響と紀夏井の影—」（『山梨英和短期大学紀要』一四、一九八〇・一二）
谷雪郁「土佐日記一月七日の条について」（『和歌山工業高専研究紀要』一五、一九八〇・一二）
杉山英昭「土佐日記—悲傷—」（『國文學　解釈と鑑賞』四六—一、一九八一・一）
雨海ゼミ「紀貫之『土佐日記』」（『緑聖文芸』一二、一九八一・三）
藤ノ木光英「もののあはれと批評精神—『土佐日記』にふれて—」（『国語研究／新潟県高等学校教育研究会』二七、一九八一・三）
安宅克己「定家本土左日記の文章—藤原定家の古典書写の態度—」（『青山語文』一一、一九八一・三）
松原輝美「土左日記私考（上）—紀貫之の航路論—」（『文学』四九—五、一九八一・五）
松原輝美「土左日記私考（中）—官人の矜持—」（『文学』四九—六、一九八一・六）
望月正道「定家本『土左日記』の表記について」（『語文研究』五一、一九八一・六）
野中春水「江戸文芸における土佐日記」（『平安文学研究』六五、一九八一・六）
今井源衛「日本文学と年中行事」（山中裕・今井源衛編『年中行事の文芸学』弘文堂、一九八一）
松原輝美「土左日記私考（下）—悔恨の一書—」（『文学』四九—七、一九八一・七）
曾根誠一「『土左日記』一月三日条の解釈—「こゝろもとなしをめぐって」（『文学研究稿』三、一九八一・九）
渡辺久寿「紀貫之『土佐日記』論断章—〈原質〉への回帰」（『山梨英和短期大学創立十五周年記念国文学論集』一九八一・一〇）
神谷かをる「土佐日記と物語文章史」（『光華女子大学研究紀要』一九、一九八一・一二）
新田一郎「土佐日記について—亡児・白波ノ客人・土佐泊等の戯曲性」（『四国女子大学紀要』一、一九八一・一二）

岩野佳美「「つつめく、（付）つつらか」攷―土佐日記の語彙再検討（七）―」（『順正短期大学研究紀要』八、一九八二）
小川幸三「土佐日記の文章造型への要件・序章」（『国語国文研究と教育』一〇、一九八二・一）
吉山裕樹「「惟喬親王物語」の展開と『土佐日記』―『伊勢物語』紀貫之筆作試論―」（『比治山女子短期大学紀要』一六五、一九八二・三）
長谷川政春「土佐日記の方法―紀行文学の発生と羇旅歌の伝統―」（『東横国文学』一四、一九八二・三）
雨海博洋「『土佐日記』追想」（『文芸論叢／文教大学女子短大部』一八、一九八二・三）
竹村義一「〈翻刻〉書陵部本土佐日記抄」（『平安文学研究』六七、一九八二・六）
武井和人「蓮華王院旧蔵紀氏正本『土佐日記』のゆくへ―尭孝所持の確認―」（『言語と文芸』九三、一九八二・七）
田中司郎「日記文学の禁止表現（「な……そ」「……な」）について―土佐，蜻蛉，和泉式部，更級，讃岐典侍，十六夜の場合―」（『国語国文薩摩路』二七、一九八二・一二）
渡瀬茂「『土佐日記』の「ある人」について―作中歌詠者設定の一問題―」（『平安文学研究』六八、一九八二・一二）
桜井貴美子「〈翻〉女土佐日記―東京大学文学部国語研究室蔵」（『歌舞伎台帳集成』一、一九八三・二）
平沢竜介「土佐日記論―貫之の意図―」（『国文学研究資料館紀要』九、一九八三・三）
山口昌男「『土佐日記』の文芸構造―異様なる旅立ち・愛娘への鎮魂―」（『活水論文集（日本文学科編）』二六、一九八三・三）
松原一義「多和文庫蔵『土佐日記正釈』翻刻と解説」（『四国女子大学紀要』二―二、一九八三・三）
野中春水「堀秀成の土佐日記研究―土佐日記講録について―」（『武庫川国文』二一、一九八三・三）
渡辺秀夫「漢文日記から日記文学へ―土左日記をめぐって―」（『日本文学』三二―五、一九八三・五）
深沢徹「『土佐日記』時空論―その達成と限界―」（『日本文学』三二―六、一九八三・六）
野中春水「書陵部本「土佐日記抄」について」（『平安文学研究』六九、一九八三・七）
森本茂「土佐日記の「まがりのおほぢのかた」考」（『香川大学国文研究』八、一九八三・九）
高野晴代「土左日記における楫取りの造型について」（『解釈』二九―一一、一九八三・一一）
新田一郎「承平五年「むつきはつかあまりひとひ」泊地考―土佐日記―」（『四国女子大学紀要』三―一、一九八三・一二）
高橋文二「平安朝文学「風景」論（一）「風景」と想念―『土佐日記』『蜻蛉日記』のことなど」（『駒沢國文』二一、一九八四・二）
長谷川政春「〈シンポジウム〉土佐日記の方法―制度と表現―」

（『日本文学』三三―二、一九八四・二）
野中春水「土佐日記雑談（一）」（『芦屋ゼミ〔第二次〕』七、一九八四・三）
金指正三「土佐日記の船唄」（『山陽女子短期大学研究紀要』一〇、一九八四・三）
大杉光生「『土佐日記』中の和歌の一考察」（『鈴鹿工業高等専門学校紀要』一七―一、一九八四・三）
野中春水「清水浜臣と土佐日記」（『武庫川国文』二三、一九八四・三）
萩谷朴「『土佐日記』定家本と為家本とは何故そんなにも違うのか」（『古代文化』三六―七、一九八四・七）
竹村義一「『土佐日記』の虚構性に関する一つの覚え書―土佐国内の地理的問題点について―」（『風土と文学』一九、一九八四・九）
大倉比呂志「『とよかげ』の成立基盤―特に土佐日記との関連を通して―」（『解釈』三〇―一一、一九八四・一一）
萩谷朴「悪貨は良貨を駆逐する―本文解釈の方法論に関して―」（『日本文学研究／大東文化大学』二四、一九八五・一）
植田佳宏「平安朝日記試論―土佐日記・蜻蛉日記について―」（『研究集録』二五、一九八五・三）
＊長谷川政春「表現としての土佐日記」（『東横国文学』一七、一九八五・三）
渡辺久寿「土佐日記試論―貫之文学の構造的特質を通して―」（『日本文芸論集』一二、一九八五・三）
小川幸三『『土佐日記』における和歌の成章―和歌全五十九首の配列構造―」（『熊本短大論集』三五―三、一九八五・五）
菊地靖彦「『土佐日記』―女性仮託の意味―」（『國文學　解釈と鑑賞』五〇―八、一九八五・七）
秋本守英「土佐日記の文章」（『国語と国文学』六二―一〇、一九八五・一〇）
野中春水「土佐日記雑談（二）」（『芦屋ゼミ〔第二次〕』八、一九八六・三）
船津正明「日記文学の学習指導―「土佐日記」・「更級日記」の場合」（『月刊国語教育』六―二、一九八六・四）
鳥居フミ子「土佐浄瑠璃の脚色法（八）―身替りもの「土佐日記の位相」（『東京女子大学紀要論集』三七―一、一九八六・九）
小川幸三「『土左日記』における〈七日〉の特異性」（『熊本短大論集』三七―二、一九八六・一〇）
田中登「『貫之集』から排除されたもの―『土佐日記』所収歌をめぐって」（『国語国文学論集　松村博司先生喜寿記念』右文書院、一九八六）
小川幸三「賢木巻「大方の」の詠者はやはり源氏ではないか（上）―『土左日記』との関連を中心に」（『国語国文研究と教育』一七、一九八六・一一）
笠間愛子「『土佐日記』断想―芭蕉を視点に」（『文学研究／日本文学研究会』六四、一九八六・一二）

菊田茂男「古文教材研究講座『土佐日記』一『土佐日記』成立前史―貫之の嘆訴の背景」（『月刊国語教育』七―一、一九八七・三）
菊田茂男「古文教材研究講座『土佐日記』二『土佐日記』歌物語存疑―『伊勢物語』と『大和物語』の視座から」（『月刊国語教育』七―二、一九八七・四）
大木正義「ノート土佐日記一月廿一日の一節」（『言語と文芸』一〇一、一九八七・六）
笠間愛子「『土佐日記』断想（補遺）―芭蕉を視点に」（『文学研究／日本文学研究会』六五、一九八七・六）
菊田茂男「古文教材研究講座『土佐日記』三『土佐日記』の精神的構図―幻影としての京の崩落」（『月刊国語教育』七―六、一九八七・八）
菊田茂男「古文教材研究講座『土佐日記』四『土佐日記』の世界―亡児追懐の意味するもの」（『月刊国語教育 七―七』、一九八七・九）
中英媛「『土佐日記』和歌」（『日本学報』一九、一九八七・一二）
平沢竜介「散文による心情表現の発生―「土佐日記」の文学史的意味」（『白百合女子大学研究紀要』二三、一九八七・一二）
中野幸一「『土佐日記絵巻』について」（『武蔵野文学』三五、一九八八・一）
木村正中「王朝文学の自然」（『学叢』四四、一九八八・三）
永井和子「「翁語り」の系譜試論―竹取・伊勢・土佐・豊蔭・大鏡」（『国語国文論集／学習院女子短期大学』一七、一九八八・三）
萩谷朴「語句の解釈と作品の解釈―『蜻蛉日記』『紫式部日記』を例証として」（『日本文学研究／大東文化大学』二七、一九八八・三）
比護隆界「土佐日記に見られる地名錯雑について―いわゆる「脚色虚構説」に駁す」（『文芸研究／明治大学』五九、一九八八・三）
渡瀬茂「『土左日記』の時間と『栄花物語』」（『栄花物語研究』二、一九八八・五）
＊萩谷朴「青谿書屋本『土佐日記』の極めて尠ない独自誤謬について」（『中古文学』四一、一九八八・五）
源義春「貫之の「たへずして」」（『芦屋ゼミ〔第二次〕』九、一九八八・六）
小川幸三「織女貫之―『土佐日記』における〈六〉日の特異性」（『熊本短大論集』三九―一、一九八八・六）
野中春水「土佐日記雑談（三）―貫之由豆流を嘲ること」（『芦屋ゼミ〔第二次〕』一〇、一九八八・六）
清水史「逆接か順接か―文脈の論理と接続助詞「ば」の機能」（『愛文』二四、一九八八・九）
竹内美智子「平安時代和文における散文性の形成」（『国語学』一五四、一九八八・九）
佐藤和喜「土佐日記歌の古代性」（『日本文学』三七―九、一九八八・九）

小川幸三「虚構としての亡女児追懐―土佐日記主題論のための礎稿」（『国語の研究』一二、一九八八・一一）
久保稔「貫之の「老女」―その手法の陰翳について」（『花葉』五、一九八八・一二）
塚原鉄雄「覚醒現実と睡夢現実―伊勢物語と大和物語」（『文学史研究』二九、一九八八・一二）
萩谷朴「『土佐日記』定家模写部分より推定し得る貫之自筆原本の書写形態の研究」（『書道研究』、一九八八・一二）
山田清市「古今集詞書と伊勢物語の構成者」（『二松学舎大学論集』三二、一九八九・三）
小川幸三「贈答を拒否する歌の世界―『土左日記』における唱和性」（『熊本短大論集』三四―一三、一九八九・三）
小森潔「「馬のはなむけ」「黒鳥と白波」「宿の小松」の学習案」（『国語展望』八二、一九八九・四）
田中新一「歌人・連歌師の「道の記」―海道記から宗長手記まで」（『日本文学講座』七、一九八九・五）
木村正中「日記文学の特質―時間と回想」（『日本文学講座』七、一九八九・五）
石原昭平「女流文学と日記―蜻蛉日記の成立」（『日本文学講座』七、一九八九・五）
増田繁夫「日記文学の発生―土佐日記の成立まで」（『日本文学講座』七、一九八九・五）
目崎徳衛「紀氏・長明・阿仏の尼をめぐって―紀行文学の先蹤」（『國文學　解釈と教材の研究』三四―六、一九八九・五）
大杉光生「『土佐日記抄』（桃園文庫蔵）の書写者について」（『解釈』三五―七、一九八九・七）
秋本守英「仮名散文と歌ことば」（『國文學　解釈と教材の研究』三四―一二、一九八九・一一）
石原昭平「中古を読み解く　土佐日記―仮名紀行文の祖」（『國文學　解釈と鑑賞』五四―一二、一九八九・一二）
此島正年「古語の解釈―動詞抜き書」（『國學院雑誌』九一―一、一九九〇・一）
安藤靖治「「手は紀貫之書けり」小考―『竹取物語』の周辺」（『麗澤大学論叢』一、一九九〇・一）
小田切文洋「『土佐日記』試論―その構成意識をめぐって」（『日本大学短期大学部研究年報（三島）』二、一九九〇・二）
曽根誠一「『土左日記』の表現の揺れについて―土佐国の人々との別離から船旅への転換部の検討」（『中央大学国文』三三、一九九〇・三）
日野資純「《短信》土左日記の「よるあるき」―「よる」の複合的用法」（『国語学』一六〇、一九九〇・三）
常吉幸子「『土佐日記燈』成稿本の成立とその事情―作業としての〈解釈〉の意義について」（『国文論叢』一七、一九九〇・三）
秋山虔「漢文日記と仮名日記」（『季刊ぐんしょ』八、一九九〇・四）
井上親雄「土左日記「たひらかに願たつ」の意味」（『河』二三、一九九〇・八）

春日和男「文体と解釈—土佐日記源語「桐壺」」（『帝京大学文学部紀要（国語国文学）』二二、一九九〇・一〇）
川上徳明「『国文法講座別巻』疑義一束」（『史料と研究』二一、一九九〇・一〇）
井上親雄「土佐日記における訓読語—貫之の使用意図」（『白百合女子大学研究紀要』二六、一九九〇・一二）
野中春水「土佐日記雑談（四）—男色大鑑の事」（『芦屋ゼミ〔第二次〕』一〇、一九九〇・一二）
神尾暢子「〈講演〉土左日記の構成と表現」（『愛媛国文研究』四〇、一九九〇・一二）
萩谷朴「個は孤ならず、必ず隣りあり」（『日本文学研究／大東文化大学』三〇、一九九一・一）
福島直恭「男もすなる日記」（『国語国文論集／学習院女子短期大学』二〇、一九九一・三）
長沼英二「初期物語の表現特徴—副助詞「なむ」を用いる文の文末表現」（『表現研究』五三、一九九一・三）
木村正中「日記文学の方法と展開」（『論集日記文学』笠間書院、一九九一）
石原昭平「日記文学の発想—主格の設定と「語り」の方法」（『論集日記文学』笠間書院、一九九一）
菊地靖彦「『土左日記』をめぐる二、三の問題—近年の諸論にふれながら」（『論集日記文学』笠間書院、一九九一）
長谷川政春「表現、その戦略的な土佐日記」（『論集日記文学』笠間書院、一九九一）
原雅子「住吉御文庫本『土佐日記』（加藤宇万伎注・上田秋成補注）」（『すみのえ』一八-二、一九九一・四）
三谷邦明「源氏物語と語り手たち—物語文学と被差別あるいは源氏物語における〈語り〉の文学史的位相」（『日本文学史を読む』二、有精堂出版、一九九一）
萩谷朴「これぞまことの日本人」（『本』一六-五、講談社、一九九一・五）
市原愿「土佐日記二月九日の条の意味するもの」（『文学・語学』一三〇、一九九一・六）
井上親雄「土左日記の用語—複合語「かれこれ」と「これかれ」」（『広島女学院大学日本文学』一、一九九一・七）
鈴木日出男「日記文学の和歌」（『女流日記文学講座』一、勉誠社、一九九一）
深沢徹「女流日記文学の回想表現」（『女流日記文学講座』一、勉誠社、一九九一）
神谷かをる「女流日記の文体と機能」（『女流日記文学講座』一、勉誠社、一九九一）
萩谷朴「本文解釈学というもの」（『水茎』古筆学研究所、一九九一・九）
津本信博「『土佐日記』の享受：今村楽『花園日記』と浄瑠璃『土佐日記』」（今井卓爾博士傘寿記念論集編集委員会編『源氏物語とその周辺：今井卓爾博士傘寿記念論集』勉誠社、一九九九

一・一二）
森野宗明「日常生活を左右した暦―中古・中世の日本文学にみる暦注と生活」（『言語』二〇―一二、一九九一・一二）
藤井俊博「古代和文資料における翻訳語」（『京都橘女子大学研究紀要』一八、一九九一・一二）
渡辺久寿「土佐日記の諧謔表現―その内在的意義について」（『日本文芸論集』二三・二四、一九九一・一二）
小林とし子「喪失の旅―「土佐日記」亡児哀悼歌論」（『作新国文』三、一九九一・一二）
永島福太郎「石花（保夜）と牡蛎」（『日本歴史』五二四、一九九二・一）
鈴木日出男「紀貫之と『土佐日記』」（『平安時代の作家と作品』武蔵野書院、一九九二）
原雅子「秋成の「土佐日記」注釈―「ますらを」観の一系譜」（『すみのえ』二九―一、一九九二・一）
和田克司「地名散策第二十七回　江口くまもなき月の」（『新日本古典文学大系（月報）』八〇、一九九二・二）
木下書子「上接語より見た係助詞「ぞ」の用法」（『尚絅大学研究紀要』一五、一九九二・二）
大杉光生「『土佐日記』における詠懐の技法」（『皇学館論叢』二五―一、一九九二・二）
大倉比呂志「蜻蛉日記における戯画化の意味」（『古代文学論叢』一二、武蔵野書院、一九九二）
木下良「「国府と駅家」再考―坂本太郎博士説の再検討」（『國學院大学紀要』三〇、一九九二・二）
辻和良「〈翻〉名古屋女子大学和文庫本『土佐日記（解）』翻刻（1）」（『名古屋女子大学紀要（人文・社会）』三八、一九九二・三）
村田正英「定家自筆平仮名文における漢字・仮名同字形について」（『国語学論集　小林芳規博士退官記念』汲古書院、一九九二）
早実国語科共同研究会「古典教授法とその教材の研究（四）―早実における独自の教科書作りを目指して」（『早稲田実業学校研究紀要』二六、一九九二・三）
鈴木日出男「古代文学における批評と言葉」（『日本文学』四一―四、一九九二・四）
山口堯二「古代語の準体句構造」（『国語国文』六一―五、一九九二・五）
小杉商一「「来と来ては」考」（『野州国文学』五〇、一九九二・六）
目加田さくを「国守歌の形成とその変容」（『平安文学論集』風間書房、一九九二・一〇）
品川和子「平安文学と服飾」（『平安文学論集』風間書房、一九九二・一〇）
今関敏子「『土佐日記』考―女性仮託の意味」（『平安文学論集』風間書房、一九九二・一〇）
高橋文二「紀貫之とその周辺土佐日記―歌の時間性と空間性をめぐって」（『國文學　解釈と教材の研究』三七―一二、一九九

二・一〇）
山口堯二「古代語ノ・ガの関係表示」（『国語と国文学』六九―一一、一九九二・一一）
森田兼吉「『土佐日記』論―日記文学史論のために」（『日本文学研究／梅光女学院大学』二八、一九九二・一一）
神谷かをる「女流日記と漢詩文」（『光華女子大学研究紀要』三〇、一九九二・一二）
荒木孝子「『土佐日記』の基層―兼輔関係歌からの視座」（『研究と資料』二八、一九九二・一二）
松井健児「かなの日記　土佐日記」（『古記録と日記』下巻、思文閣出版、一九九三）
糸井通浩「古典秀歌鑑賞　はるかなりつる桂川―『土佐日記』から」（『短歌』四〇―一、一九九三・一）
Sonja Arntzen「意識を心に呼び起こす―『かげろふ日記』の描写手法一考」（『東京女子大学比較文化研究所紀要』五四、一九九三・一）
藤原浩史「平安和文における漢語サ変動詞による感情表現」（『日本語学』一二―一、一九九三・一）
内山美樹子「「女土佐日記」の実録劇的側面」（『江戸文学研究』一七、一九九三・一）
津本信博「『土佐日記』はなぜ、何のために書かれたか」（『國文學　解釈と教材の研究』三八―二、一九九三・二）
村井康彦「私日記は歴史の隙間をどう埋めているか」（『國文學　解釈と教材の研究』三八―二、一九九三・二）
若林重栄「土佐日記「くろとり」小考」（『大阪青山短大国文』九、一九九三・二）
辻和良「名古屋女子大学和文庫本『土佐日記（解）』翻刻（二）」（『名古屋女子大学紀要（人文・社会）』三九、一九九三・三）
菊田茂男「貫之の悲嘆―『土佐日記』の精神的構図」（『文芸研究／東北大学』一三三、一九九三・五）
井上親雄「撥音便に接続する助動詞「なり」―土左日記」（『河』二六、一九九三・六）
竹内美智子「土佐日記のテンスアスペクト」（『國文學　解釈と鑑賞』、一九九三・七）
渡辺秀夫「古今集時代における白居易」（『白居易研究講座日本における受容韻文篇』三、一九九三・一〇）
安藤靖治「『貫之集』における実頼贈答歌をめぐって―『土佐日記』終章の二首の詠歌に寄せて」（『麗沢大学紀要』五七、一九九三・一二）
高橋貢「石清水八幡宮と古典文学」（『人文科学年報』二四、一九九四・三）
桂玉植「推量助動詞「らむ」の意味・用法の再考」（『甲南国文』四一、一九九四・三）
永井和子「源氏物語の「嫗」―髭黒北の方と横川僧都の母尼君」（『国語国文論集／学習院女子短期大学』二三）一九九四・三）
岡本恭子「かな日記と時間」（『駒沢大学北海道教養部研究紀要』

二九、一九九四・三）
北山円正「『土佐日記』の正月行事―「屠蘇・白散」をめぐって」（『神女大国文』五、一九九四・三）
秋山寿子「「子ども論」序章―『土佐日記』の子ども」（『文芸と批評』七-九、一九九四・四）
中小路駿逸「エロス―男の立場と女の立場」（『エロスの文化史』勁草書房、一九九四・五）
石原昭平「日記文学の特質―時間・回想・語り」（『平安日記文学の研究』勉誠社、一九九四・一〇）
菊地靖彦「『土左日記』への視座」（『平安日記文学の研究』勉誠社、一九九四・一〇）
村瀬敏夫「『土佐日記』旅程考」（『平安日記文学の研究』勉誠社、一九九四・一〇）
岡本恭子「かな日記と時間（三）」（『駒沢大学北海道教養部研究紀要』九、一九九四・一〇）
小町谷照彦「〈歌人論〉紀貫之を例として　屏風歌作者としての紀貫之―拾遺集四季歌を媒介として」（『國文學　解釈と教材の研究』三九、一九九四・一一）
小林正明「性差と主体を破壊するもの―『土佐日記』小考」（『青山学院女子短期大学紀要』四八、一九九四・一二）
山根木忠勝「土佐日記における同語反復の構造」（『武庫川国文』四四、一九九四・一二）
森脇茂秀「助辞「とて」の成立過程・意味用法をめぐって（一）」（『別府大学紀要』三六、一九九五・一）
中川美和「「む」「も」を表わすといわれる仮名「ん」字小考―青谿書屋本土佐日記と定家筆本土佐日記の表記の比較を通して」（『日本語研究』一五、一九九五・二）
藤本孝一「巻子本から冊子本へ―『明月記』と紀貫之本『土佐日記』の表紙」（『日本歴史』五六二、一九九五・三）
木ノ内美保「定家本の字音語表記についての一試論」（『中央大学国文』三八、一九九五・三）
田中貴子「〈シンポジウム〉中世文学における女「中世文学における女」というテーマをめぐる問題」（『中世文学』四〇、一九九五・六）
田中滝治「江戸時代における土佐日記関係の板本について」（『南国史談』一八、一九九五・六）
多田一臣「古代・中世のことわざ探訪七「眼もこそ二つあれ」」（『言語』二四-七、一九九五・七）
位藤邦生「歌のあらわし・歌のあらわれ（前編）」（『中世文学研究』二一、一九九五・八）
津本信博「『土佐日記』の誹諧歌的文体」（『新編日本古典文学全集（月報）』一三、一九九五・九）
大倉比呂志「『入唐求法巡礼行記』から『土佐日記』へ」（『王朝日記の新研究』笠間書院、一九九五）
野村精一「「日記文学」の成立―書誌の文明史的考察」（『王朝日記の新研究』笠間書院、一九九五）

菊田茂男「『土佐日記』の文芸的構造―直進する時間と退行する時間の構図」(『王朝日記の新研究』笠間書院、一九九五)

武井睦雄「一文字をたにしらぬものしかあしは十文字にふみてそあそふ―『土左日記』解釈上の一問題」(『国語学論集(築島裕博士古稀記念)』一九九五・一〇)

山根木忠勝「土佐日記の表現―文章構成を中心に」(『日本語の研究(宮地裕・敦子先生古稀記念論集)』明治書院、一九九五)

萩谷朴「古筆学の一側面」(『古筆学のあゆみ』五、八木書店、一九九五・一二)

今野真二「仮名文字遣からみた日本大学図書館蔵本『土左日記』」(『高知大国文』二六、一九九五・一二)

北川博子「〈翻・複〉新出絵入狂言本『女土佐日記』」(『近世文芸』六三、一九九六・一)

東城敏毅「安倍仲麻呂在唐歌―『土佐日記』青海原―」の歌との比較」(『國學院大学大学院紀要(文学研究科)』二七、一九九六・三)

渡瀬茂「初期王朝散文の疑問表現と推量表現」(『富士フェニックス論叢』四、一九九六・三)

中村秀真「屏風絵の散文化―土佐日記」(『早稲田研究と実践』一七、一九九六・三)

石坂妙子「『土佐日記』の「女」―日記文芸史を拓く眼差し」(『新大国語』二二、一九九六・三)

森下純昭「『土佐日記』一月七日条私解―「こひ(鯉・恋)」・「みつ(水・見つ)」の懸詞など」(『岐阜大学国語国文学』二三、一九九六・三)

加藤浩司「土佐日記「ありけるをんなわらは」の解釈について―「ありし」と「ありける」の機能の差異を手掛りとして」(『信州大学人文科学論集(文化コミュニケーション)』三〇、一九九六・三)

今野真二「かなづかいの転換期―近衛家陽明文庫蔵本『土佐日記』を中心資料として」(『国語国文』六五―三、一九九六・三)

北川博子「絵入狂言本の信憑性―新出絵入狂言本『女土佐日記』をめぐって」(『甲南国文』四三、一九九六・三)

堀田善衛「故園風来抄第二十回　紀貫之について」(『冷泉家時雨亭叢書(月報)』三七、一九九六・四)

今野真二「当世之仮名使」(『文学語学』一五一、一九九六・六)

長沼英二「乳母が書いた土左日記―悲傷主体の推定により女性仮託の完遂を論ず」(『解釈』四二―六、一九九六・六)

今野真二「分節機能からみた重点―『土佐日記』根幹諸本を中心資料として」(『人文科学研究/高知大学』四、一九九六・六)

今西祐一郎「「私」の位置―土佐日記・かげろふ日記」(『岩波講座日本文学史九・一〇世紀の文学』岩波書店、一九九六)

位藤邦生「歌のあらわし・歌のあらわれ(中編)」(『中世文学研究』二二、一九九六・八)

長谷川政春「土佐日記―〈性差〉と〈言説〉と」(『王朝女流日記を学ぶ人のために』世界思想社、一九九六・八)

高橋雄生「「沈黙」の精神史―『蜻蛉日記』から『源氏物語』へ」（『古典評論（第二次）』一、一九九六・一〇）

繁原央「安倍仲麿望郷歌考―日中比較文学の視点から」（『常葉学園短期大学紀要』二七、一九九六・一〇）

清水義秋「土左日記本文の批評と解釈―「よくくらべつる」は原形にあらず」（『歌語りと説話』新典社、一九九六）

武井睦雄「『土左日記』作成の過程とその依拠する資料の構成について」（『日本語研究諸領域の視点下巻』明治書院、一九九六）

平沢竜介「自然描写の変遷―平安時代初期から中期まで」（『むらさき』三三、一九九六・一二）

武井睦雄「仮名文の登場―『土佐日記』の定位を中心として」（『文学研究／聖徳大学短大部』一二、一九九七・一）

趙慧玲「王朝仮名文学の「心」―日記文学を中心に」（『国文学論叢』四二、一九九七・二）

奥村悦三「〈対談〉古代における言葉と文字」（『歴博』八一、一九九七・三）

渋川美紀「同義異音語を用いた竹取物語の作者推定に関する研究」（『白鴎大学論集』一一―二、一九九七・三）

小川幸三「山を動かす―『土佐日記』惟喬親王追慕の《緯》」（『シュンポシオン』二、一九九七・三）

辻和良「〈翻〉名古屋女子大学和文庫本『土佐日記（解）』翻刻（三）」（『名古屋女子大学紀要（人文・社会）』四三、一九九七・三）

宇都宮睦男「「毛」「ん」」（『愛知教育大学大学院国語研究』五、一九九七・三）

秋山虔「日記と日記文学」（『國文學　解釈と鑑賞』六二―五、一九九七・五）

鈴木日出男「『土佐日記』―亡き子を偲ぶ歌」（『國文學　解釈と鑑賞』六二―五、一九九七・五）

中野幸一「女流日記文学の完成―記録から文学へ」（『國文學　解釈と鑑賞』六二―五、一九九七・五）

佐藤圀久「土佐日記の亡児追慕について」（『白山国文』一、一九九七・六）

村上もと「藤原定家の表記法―『近代秀歌』と『土佐日記』をとおして」（『白山国文』一、一九九七・六）

長沼英二「土左日記第六〇番歌の掛詞―「小松」は「子待つ」の掛詞である」（『解釈』四三―七、一九九七・七）

小林正明「日記論の可能性『土佐日記』一　女でもなく男でもなく」（『月刊国語教育』一七―八、一九九七・一〇）

小林正明「日記論の可能性『土佐日記』二　喪失と生成と」（『月刊国語教育』一七―九、一九九七・一一）

武井睦雄「『土佐日記』における暦日表記例はどのような《よみ》を期待されていたか」（『聖徳大学研究紀要』（短期大学部）』三〇、一九九七・一二）

小林正明「日記論の可能性・『土佐日記』三　采詩の帰郷者」

（『月刊国語教育』一七―一〇、一九九七・一二）
加藤浩司「キとケリが示す事象の生起と認識と発話時との時間的距離について―土佐日記を資料として」（『帝塚山学院大学研究論集』三二、一九九七・一二）
石原昭平「越境と邂逅―日記物語・絵」（『平安朝文学研究』六、一九九七・一二）
神田龍身「『土佐日記』論のためのノート―シニフィアンとしての海面」（『平安朝文学研究』六、一九九七・一二）
安部清哉『土佐日記』の形容詞語彙の特徴―平均使用度数と語の新旧比較から―」（『日本語研究法［古代語篇］』おうふう、一九九八）
相沢幸子「『土佐日記』の表と裏―女性仮託の意図について」（『日本文学ノート』三三、一九九八・一）
森田兼吉「日記文学から読者が見えなくなるとき―『とはずがたり』論への序説」（『日本文学研究／梅光女学院大学』三三、一九九八・一）
武井睦雄「『土左日記』―その書名のあらわすもの」（『文学研究／聖徳大学短大部』一三、一九九八・一）
辻和良「名古屋女子大学　和文庫本『土佐日記（解）』翻刻（四）」（『名古屋女子大学紀要（人文・社会）』四四、一九九八・三）
片桐洋一『土左日記』定家筆本と為家筆本」（『国文学／関西大学』七七、一九九八・三）
神田龍身「『土佐日記』論のためのノート（その二）―表記について」（『静大国文』四〇、一九九八・三）
長沼英二「土左日記の亡児悲傷―記者は帰京の旅によって共感者を得る」（『二松学舎大学人文論叢』六〇、一九九八・三）
今野真二「テキストの変容」（『人文科学研究／高知大学』六、一九九八・六）
勝山幸人「「和文体」形成の構想について」（『人文論集／静岡大学』四九―一、一九九八・七）
清水史「古典テクストにおける陥穽と異文解釈―Original と Archetypus の空隙」（『愛媛大学法文学部論集（人文学科編）』五、一九九八・九）
坂梨隆三「読みと文法」（『國文學　解釈と教材の研究』四三―一一、一九九八・一〇）
鈴木登美「「女流日記文学」の構築―ジャンル・ジェンダー・文学史記述」（『文学』九―四、一九九八・一〇）
北条忠雄「悲しがらるることは…思ひいでて。」とすべきの論―『土佐日記』の特異な表現形式の解明」（『解釈学』二四、一九九八・一二）
武井睦雄「またまからす―『土左日記』解釈上の一問題」（『聖徳大学研究紀要（短期大学部）』三一、一九九八・一二）
柳沢朗「「人皆」と「皆人」―万葉集の巻十四・三三九八番「村八分」説を駁しつつ竹取・土佐へ」（『信州短期大学研究紀要』一〇―一・二、一九九八・一二）

神田龍身「『土佐日記』仮名表記文学論—シニフィアンとしての、海面／仮名文」(『叢書想像する平安文学』四、勉誠出版、一九九九)
武井睦雄「『土左日記』における人名の記載について」(『文学研究／聖徳大学短大部』一四、一九九九・一)
阿久沢忠「土佐日記の接続助詞「て」の用法」(『湘南短期大学紀要』一〇、一九九九・三)
室井努「江戸期における古代の暦日表現観(上)—土左日記の日付の読み方をめぐって」(『弘学大語文』二五、一九九九・三)
蟹江希世「『土佐日記』異空間の考察—歌詠者としての「童」を中心に」(『情報表現論集』二、一九九九・三)
宇都宮睦男「三条西家旧蔵本『土佐日記』の書写(二)」(『愛知教育大学大学院国語研究』七、一九九九・三)
水谷隆「おさな子の死—土佐日記の幼児を悼む記述に関する考察」(『大阪市立大学文学部創立五十周年記念国語国文学論集』和泉書院、一九九九)
清水史「日本の古典テクストにおける陥穽と異文解釈—原形 Original と原型 Archetypus の「空隙」」(『伝統・逸脱・創造』清文堂出版、一九九九)
朴鐘升「古代日本語動詞原形の意味・用法—テンス的意味の認否について」(『学習院大学人文科学論集』八、一九九九・九)
東海亮造「をこの方法—土佐日記の場合」(『芸文研究』七六、一九九九・一〇)
安永蕗子「千年ひとまたぎ・古典いきいき(六)土佐日記から紀州小梅日記まで」(『歌壇』一三—一二、一九九九・一二)
武井睦雄「『土左日記』の語り手—敬語使用・亡児の母との関連において」(『聖徳大学研究紀要(短期大学部)』三二、一九九九・一二)
佐藤恵美「『土佐日記』研究—「実験文学」という視点から」(『岩大語文』七、一九九九・一二)
武井睦雄「『土左日記』における漢字使用—漢字・仮名文字の選択基準とその背景」(『文学研究／聖徳大学短大部』一五、二〇〇〇・一)
萩谷朴「虚構と歪曲の作品『土佐日記』」(『日本文学研究／大東文化大学』三九、二〇〇〇・二)
川村裕子「歌を囲むことば—『土佐日記』から『蜻蛉日記』へ」(『日記文学研究誌』二、二〇〇〇・三)
阿久沢忠「土佐日記の「ずして」「で」「ず」の用法」(『湘南短期大学紀要』一一、二〇〇〇・三)
諸岡重明「『土佐日記』旅の終わりの山崎を巡っての一考察—西国から山城国へ国境を越える」(『日記文学研究誌』二、二〇〇〇・三)
谷戸美穂子「平安期の住吉信仰—『土佐日記』から『源氏物語』へ」(『学芸国語国文学』三二、二〇〇〇・三)
依田泰「『土左日記』定家本と為家本に関する一考察」(『學習院大學國語國文學會誌』四三、二〇〇〇・三)

今浜通隆「「日と都といづれぞ遠き」考（下）―平安朝文学と『世説』―」（『武蔵野日本文学』九、二〇〇〇・三）
市原敦「完了の助動詞の使い分け―『土佐日記』をテキストにして」（『国語研究』三七、二〇〇〇・三）
中野方子「兼輔哀傷歌―貫之晩年における漢籍受容」（『立正大学国語国文』三八、二〇〇〇・三）
田中新一「紀貫之に見る仮名散文の試み」（『金城学院大学論集（国文学編）』四二、二〇〇〇・三）
佐藤茂美・池添博彦「平安朝の食文化考―土佐日記の食について」（『帯広大谷短期大学紀要』三七、二〇〇〇・三）
宇都宮睦男「三条西家旧蔵本『土佐日記』の書写（二）」（『愛知教育大学大学院国語研究』八、二〇〇〇・三）
斉藤国治「土佐日記の中の月出入り記事の虚構」（『天界』八一、二〇〇〇・八）
飯島一彦「和歌と歌謡をつなぐもの―音楽的側面から」（『國文學　解釈と教材の研究』四五―一四、二〇〇〇・一二）
瀬戸宏太「方法としての日記―土佐日記の歌と時間」（『常葉国文』二五、二〇〇〇・一二）
佐藤省三「「土佐日記」室津の泊りの位置は?」（『天界』八二、二〇〇一・一）
＊土方洋一「私情の表出―『土佐日記』論」（『青山学院大学文学部紀要』四二、二〇〇一・一）
稲垣安伸「芭蕉と『土佐日記』―あら海や佐渡に横たふ天の河」（『土佐女子短期大学紀要』八、二〇〇一・三）
閔丙勳「『伊勢物語』「東下り」章段と『土佐日記』―旅の類型を軸にして」（『文研論集』三七、二〇〇一・三）
佐藤美弥子「『土佐日記』における「パロディー」」（『物語研究』一、二〇〇一・三）
小倉肇「「衣」と「江」の合流過程―語音排列則の形成と変化を通して」（『国語学』五二―一、二〇〇一・三）
清水義昭「〈講演〉尊経閣文庫蔵『土左日記』は定家右筆本にあらず」（『二松学舎大学東洋学研究所集刊』三一、二〇〇一・三）
江原由美子「平安初期和文における接続助詞ド・ドモの機能」（『岡大国文論稿』二九、二〇〇一・三）
勝又浩「特集・私小説の源流　物語の夢さめて―物語、日記、私小説」（『私小説研究』二、二〇〇一・四）
深沢徹「さすらいの旅の果て『土佐日記』に見る音声中心主義（フォノロジスム）と、その行く方」（『叢書想像する平安文学』七、勉誠出版、二〇〇一・五）
山下太郎「土左日記の人称構造「女」と〈私〉と〈私たち〉」（『古代文学研究（第二次）』一〇、二〇〇一・一〇）
遠藤和夫「貫之の筆鋒―『土左日記』一月七日の場合」（『國學院雑誌』一〇二―一一、二〇〇一・一一）
山下太郎「土佐日記最終歌の解釈」（『解釈』四七―一一・一二、二〇〇一・一二）
久保田孝夫「『土佐日記』に見る「淀川」」（『淀川の文化と文学』

和泉書院、二〇〇一・一二）

土居裕美子「平安時代和文における「さかし」の意味用法について―『土左日記』十二月二十六日「さかしきもなかるべし」をめぐって」（『高知大国文』三二、二〇〇一・一二）

倉西博之「日本文学のなかの「ことば遊び」（三）」（『金蘭短期大学研究誌』三二、二〇〇一・一二）

鎌倉暄子「いわゆる伝聞推定の助動詞「なり」についてその本質と成立に関連して」（『香椎潟』四七、二〇〇一・一二）

清水義昭「〈講演〉尊経閣文庫蔵『土佐日記』は定家右筆本にあらず」（『二松学舎大学東洋学研究所集刊』三一、二〇〇一）

日向一雅「特集・古代文学と旅紀貫之―〝土佐〟からの脱出」（『國文學　解釈と鑑賞』六七―一、二〇〇二・一）

菊田茂男「『土佐日記』の時間的構造―クロノスとアイオーンの構図」（『人文社会科学論叢』一一、二〇〇二・三）

平沢竜介「『土佐日記』の意匠―和歌に関する記述の分析を通して」（『言語・文学研究論集／白百合女子大学』二、二〇〇二・三）

今浜通隆「「日と都といづれぞ遠き」考（続一）―平安朝文学と世説」（『武蔵野日本文学』一一、二〇〇二・三）

西野強「土左日記抄の開板と季吟日記」（『文研論集』三九、二〇〇二・三）

田中新一「物語文学始発期の書写形式を憶測し、古代物語の特性を問う」（『金城学院大学論集（国文学編）』四四、二〇〇二・三）

井上英明「『伊勢物語』成立私考　第四稿―『伊勢集』冒頭歌群とのかかわり」（『明星大学研究紀要（言語文化学科）』一〇、二〇〇二・三）

樋口覚「淀川考（一一）『土佐日記』の旅と曳綱」（『一冊の本』七―五、二〇〇二・五）

樋口覚「淀川考（一二）「海洋文学」としての『土佐日記』」（『一冊の本』七―五、二〇〇二・六）

松本寧至「〈座談会〉日記文学をめぐって―研究の動向と未来展望」（『國學院雑誌』七―六、二〇〇二・六）

安部清哉「『源氏物語』ほか平安和文資料における「とし」「スミヤカ」「早し」―意味負担領域から見る和漢混淆史」（『源氏物語の魅力を探る』翰林書房、二〇〇二）

田仲洋己「子どもの詠歌追考―子どもが詠んだ歌と子どもを詠んだ歌」（『日本文学』五一―七、二〇〇二・七）

石原昭平「土佐日記の創造」（『帝京国文学』九、二〇〇二・九）

小林孔「徳島藩士中村徳右衛門」（『俳文学研究』三八、二〇〇二・一〇）

葛綿正一「土佐日記論―変換・言葉・欲動」（『〈新しい作品論〉へ、〈新しい教材論〉へ古典編』二、右文書院、二〇〇三）

内藤一志「土佐日記」（『〈新しい作品論〉へ、〈新しい教材論〉へ古典編』二、右文書院、二〇〇三）

石原昭平「特集・二十一世紀の古典文学―古代散文研究の軌跡と展望　日記文学」（『國文學　解釈と鑑賞』六八―一、二〇

〇三・二）
加藤浩司「中古仮名日記４　作品を対象としたＤ１０語彙の意味分野別構造分析―個別語彙の基調意味分野を探る一手段として」（『帝塚山学院大学　日本文学研究』三四、二〇〇三・二）
萩谷朴「『伊勢物語』の作者は紀貫之なるべし」（『日本文学研究／大東文化大学』四二、二〇〇三・二）
クシシュトフ・オルシェフスキ「二か国語併用と国風文化の創造の問題―『土佐日記』に於ける唐風文化との対話の視点から」（『国際日本文学研究集会会議録』二六、二〇〇三・三）
阿久沢忠「定家本更級日記の「人」と「ひと」の表記」（『創造と思考』一三、二〇〇三・三）
今浜通隆「「日と都といづれぞ遠き」考（続二）―平安朝文学と『世説』」（『武蔵野日本文学』一二、二〇〇三・三）
沼波政保「「雅び」の崩壊と継承―日本中世精神文化論（二）」（『同朋文』三二、二〇〇三・三）
石原昭平「日記文学の時間と回想」（『平安文学の風貌』武蔵野書院、二〇〇三・三）
阿久沢忠「特集　日記のことば学『土左日記』の文体―「すみのえ」の表記から」（『日本語学』二二―六、二〇〇三・五）
伊井春樹「為家本『土左日記』について」（『中古文学』七一、二〇〇三・五）
中田武司「土佐日記解（二冊本）」（『田中大秀』二、勉誠出版、二〇〇三）
中田武司「土佐日記解（八冊本）」（『田中大秀』二、勉誠出版、二〇〇三）
津本信博「特集・近世紀行文　創作紀行―甦る文人たち」（『江戸文学』二八、二〇〇三・六）
甘利敬正「随想　私流土佐日記―旧いものと新しいものの出会い」（『紙・パルプ』五三―九、二〇〇三・九）
高橋正雄「MEDICAL ESSAYS　紀貫之の『土佐日記』―和歌による癒し」（『日本医事新報』四一四一、二〇〇三・九）
吉本彰「邪馬台国はどこにあったか―「魏志倭人伝」の行程を素直に読むとこうなる」（『土木史研究講演集』二三、二〇〇三）
三谷邦明「黎明期の日記文学―竹取物語と土佐日記あるいは古代後期の日記文学の文学形式とパロディ」（『日記文学新論』勉誠出版、二〇〇四）
渡辺久寿「『土佐日記』の方法と達成―「一月七日」の条を手がかりに」（『日記文学新論』勉誠出版、二〇〇四）
平林文雄「『土佐日記』の後世文学に及ぼした影響（その受容と変容）上田秋成『海賊』、田岡典夫『姫』、花田清輝『泥棒論語』」（『日記文学新論』勉誠出版、二〇〇四）
萩谷朴「『伊勢物語』作者貫之説補考」（『日本文学研究／大東文化大学』四三、二〇〇四・二）
柴田雅生「仮名資料における文字列の解釈について―『土左日記』二月六日条「いを不用」をめぐる考察」（『明星大学研究紀要（言語文化学科）』一二、二〇〇四・三）

兼築信行「『土佐日記』の古筆切」（『日本古代文学と東アジア』勉誠出版、二〇〇四）
下仲一功「古典作品のイメージを膨らませる試み―『平家物語』『奥の細道』『土佐日記』の授業展開を例として」（『奈良教育大学国文研究と教育』二七、二〇〇四・三）
野村精一「潮東遺稿　その二〈解説〉―「土佐日記新見」をめぐる論争について」（『潮廼舎文庫研究所年報』三、二〇〇四・六）
丸山隆司「〈読み〉の政治（ポリティクス）」（『藤女子大学国文学雑誌』七一、二〇〇四・七）
山本登朗「古今集の時代―「神代」と和歌」（『國文學　解釈と教材の研究』四九―一二、二〇〇四・一一）
内田美由紀「土佐日記「わだのとまりのあかれのところ」」（『中古文学』七四、二〇〇四・一一）
古橋信孝「文学史の方法」（『武蔵大学人文学会雑誌』三六―三、二〇〇五・一）
笹沼智史「『土佐日記』の和歌観―女性仮託を破綻させたもの」（『埼玉大学国語教育論叢』八、二〇〇五・二）
中村勝「『土左日記』覚書―女性仮託と日記の「語り手」について」（『立教新座中学校高等学校研究紀要』三五、二〇〇五・三）
妹尾好信「特集：平安時代の文学とその臨界―いま何をしようとしているか　表象論と日記文学」（『國文學　解釈と教材の研究』五〇―四、二〇〇五・四）
吉野瑞恵「日記と日記文学の間―『蜻蛉日記』の誕生をめぐって」（『国語と国文学』八二―五、二〇〇五・五）
神田龍身「紀貫之の『伊勢物語』体験」（『学習院大学人文科学研究所　人文』四、二〇〇五・五）
林望「土佐日記という「物語」」（『本』三〇―八、二〇〇五・八）
神田龍身「紀貫之の仮名文―偽装の日本語音」（『講座　和歌をひらく』二、岩波書店、二〇〇五・一二）
中島輝賢「『土佐日記』方法としての文体―日記から日記文学へ」（『古代研究』三九、二〇〇六・二）
矢野千載「『土佐日記』定家本と為家本と紀貫之の書について」（『比較文化研究　年報』一六、二〇〇六・二）
池田尚隆「特集・人はなぜ旅に出るのか―古代中世文学に見る『土佐日記』の旅―甲斐歌と旅前後の記事から」（『國文學　解釈と鑑賞』七一―三、二〇〇六・三）
高田千歌「『土佐日記』の虚構の方法―「宇多の松原」地理比定考」（『高知女子大学文化論叢』八、二〇〇六・三）
斎藤菜穂子「「書かず」と平安仮名文学の系譜試論―『土佐日記』から『源氏物語』まで」（『早実研究紀要』四〇、二〇〇六・三）
西野入篤男「『土佐日記』の海―都志向との関わりについて」（『文化継承学論集』二、二〇〇六・三）
奥村悦三「貫之の綴りかた」（『叙説』三三、二〇〇六・三）
古橋信孝「日記文学の流れ―日本文学史古代編の一環として」（『文学』七―三、二〇〇六・五）
広岡義隆「古典のテキストについて―文学研究におけるテキス

ト論」（『三重大学日本語学文学』一七、二〇〇六・六）
陣野英則「特集：旅と日記―王朝の女流を中心に　日記文学と物語―自らの言葉を処分する仮名文書・試論」（『國文學　解釈と教材の研究』五一―八、二〇〇六・七）
仁平道明「特集：旅と日記―王朝の女流を中心に『土佐日記』前史―旅の日記の始発」（『國文學　解釈と教材の研究』五一―八、二〇〇六・七）
遠田晤良「青海原ふりさけみれば―土佐日記の阿倍仲麻呂の歌」（『比較文化論叢』一八、二〇〇六・九）
増淵勝一「旅をめぐる話」（『並木の里』六四、二〇〇六・一〇）
長沼英二「『土佐日記』と亡児悲傷の文学」（『松籟』一、二〇〇六・一二）
安田麻里子「土佐日記に用いられた「追ふ」の意味」（『広島女学院大学国語国文学誌』三六、二〇〇六・一二）
坂本信道「さすらう官人たちの系譜―屈原・業平・貫之」（『中古文学』七八、二〇〇六・一二）
渡辺久寿「児を亡くした親の「こころ」―『土佐日記』」（『國文學　解釈と鑑賞』七三―三、二〇〇六・一二）
高田千歌「『土佐日記』の虚構の方法―「宇多の松原」地理比定考」（『高知女子大学文化論叢』八、二〇〇六）
神田龍身「紀貫之屏風論」（『源氏物語へ、源氏物語から』笠間書院、二〇〇七）
阿久沢忠「「仮名文」を読むということ」（『日本文学文化』六、二〇〇七・二）
平沢竜介「貫之の和歌観―本質論、効用論を中心に」（『言語・文学研究論集／白百合女子大学』七、二〇〇七・三）
椙山林継「〈講演〉鏡と神道考古学」（『皇学館大学神道研究所紀要』二三、二〇〇七・三）
林田孝和「土佐日記の旅」（『物語文学論究』一二、二〇〇七・三）
金井利浩「「をむな」のために―土左日記の表象と論理」（『中央大学国文』五〇、二〇〇七・三）
前田速夫「異郷遊歴　古典文学の異空間（七）渚―時の岸辺『土佐日記』」（『國文學　解釈と教材の研究』五二―一四、二〇〇七・一一）
佐藤美弥子「『土佐日記』における新ジャンル創造の方法―行路死人歌のパロディー」（『電気通信大学紀要』二〇―一二、二〇〇七・一二）
土方洋一「私情の表出―『土佐日記』論」（『日記の声域　平安朝の一人称言説』右文書院、二〇〇七）
東原伸明「「女もしてみむとてするなり」『土左日記』の虚構の方法―劣位項の脱構築もしくは象徴的な〈女〉への共感の論理―」（『高知女子大学紀要　文化学部編』五九、二〇〇八・三）
椎葉富美「日記文学における表現意識の一考察：人物の指し示し方をとおして」（『人間文化研究』六、二〇〇八・三）
井波真弓・齋藤兆古・堀井清之「『土佐日記』の記録性と文学性」（『可視化情報学会誌』二八、二〇〇八・七）

安田麻里子「土佐日記の楫取像—漢文訓読語に注目して」(『広島女学院大学大学院言語文化論叢』一二、二〇〇九・三)
高田千歌「『土左日記』における「なほ」の役割」(『岡大国文論稿』三七、二〇〇九・三)
東原伸明「波の底なるひさかたの空」貫之的鏡像宇宙と水平他界観—古代散文文学史遡行『土佐日記』から『古事記』・『風土記』へ」(『高知女子大学紀要文化学部編』五八、二〇〇九・三)
標宮子「中古・中世日記文学に見られる自我意識の形成」(『聖学院大学論叢』二一-二、二〇〇九・三)
石塚秀雄「平安時代における仮名表記の諸問題：『土佐日記』を資料として」(『日本教育大学院大学紀要』二、二〇〇九・三)
一戸渉「『土佐日記解』成立考—宇万伎・秋成の土佐日記注釈」(『国語国文』七八-五、二〇〇九・五)
奥村悦三「ことばを書く、声を記す」(国語文字史研究会編『国語文字史の研究』一一、和泉書院、二〇〇九)
濱田寛「『土佐日記』の航路」(『平安文学と隣接諸学』七、竹林舎、二〇〇九)
久保田孝夫「『土佐日記』の航路—和泉の国編」(『平安文学と隣接諸学』七、竹林舎、二〇〇九)
増尾伸一郎「門出と餞別をめぐる習俗と文芸」(『平安文学と隣接諸学』七、竹林舎、二〇〇九)
吉田幸市「土左日記「童歌」攷—貫之の「原点回帰」と童の詠歌」(『日本大学大学院国文学専攻論集』六、二〇〇九・九)
高橋秀樹「古記録と仮名日記」(『平安文学史論考』一二、二〇〇九・一二)
家入博徳「「定家自筆」の書写本制作工程」(『汲古』五六、二〇〇九・一二)
一戸渉「秋成と『土佐日記』「海賊」論のために」(『国語と国文学』八六-一二、二〇〇九・一二)
海野圭介「『土佐日記』主題論の展開」(『江戸の「知」近世注釈の世界』森話社、二〇一〇)
田中康二「中古—みやびの希求『土佐日記』主題論の展開—『土佐日記解』秋成序文の受容」(『江戸の「知」近世注釈の世界』森話社、二〇一〇)
遠山一郎「日本古典における作りごとの伝統」(『愛知県立大学説林』五八、二〇一〇・三)
室井努「土左日記の暦日「はつかあまりひとひのひ」についての考察」(『金沢大学国語国文』三五、二〇一〇・三)
伊藤守幸「『更級日記』概説(一)」(『学習院女子大学紀要』一二、二〇一〇・三)
長谷川政春「「疾く破りてむ」の思想—『土佐日記』を読む」(『國文學　解釈と鑑賞』七五-三、二〇一〇・三)
近藤さやか「『土佐日記』における「渚の院」幻想」(『物語研究』一〇、二〇一〇・三)
東原伸明「価値逆転の論理・『土左日記』の虚構の方法—劣位項の脱構築および虚構の史実化—」(『高知女子大学紀要文化学

部編』五七、二〇一〇・三）

東原伸明「読む「シンメトリー」と「パロディ」、もしくは「もうひとつの世界」の設定―『土左日記』の思想と発想」（『日本文学』五九―三、二〇一〇・三）

津本静子「菅原孝標女の執筆への背景」（『武蔵野大学大学院人間社会・文化研究』四、二〇一〇・三）

上野誠「「書殿にして餞酒する日の倭歌」の論」（『万葉』二〇六、二〇一〇・三）

石塚秀雄「『土左日記』における仮名表記の特色「ア行のエ」「ヤ行のエ」」（『日本教育大学院大学紀要』三、二〇一〇・三）

室井努「土左日記の暦日「はつかあまりひとひのひ」についての考察」（『金沢大学国語国文』三五、二〇一〇・三）

スワンラダー・アッタヤ「平安文学における五行の象徴とその機能―『土佐日記』と『竹取物語』をめぐって」（『詞林』四七、二〇一〇・四）

吉海直人「教室の内外―『土佐日記』・『枕草子』・『篁物語』・『今昔物語集』の解釈」（『同志社女子大学日本語日本文学』二二、二〇一〇・六）

高木和子「特集・文体としての異性装　演技する文体―平安仮名文学における性差の意識」（『文学』一一―四、二〇一〇・七）

吉野克男「ジパングをめぐる海と人々（四）　土佐日記　紀貫之（前編）」（『海員』六二―七、二〇一〇・七）

吉野克男「ジパングをめぐる海と人々（五）　土佐日記　紀貫之（後編）」（『海員』六二―八、二〇一〇・八）

平沢竜介「王朝女流文学の隆盛―文芸観という観点から」（『古代中世文学論考』二四、新典社、二〇一〇）

井上博嗣「中古の程度副詞「はなはだ」・「きはめて」について」（『女子大国文』一四七、二〇一〇・九）

飯島裕三「『土佐日記』の隠された主題を求めて―一官吏からの具申の書」（『学習院高等科紀要』八、二〇一〇・一〇）

東望歩「平安期における「をかし」の語義とその展開」（『古代文学研究（第二次）』一九、二〇一〇・一〇）

吉田幸市「『土佐日記』における「人の心」とは何か」（『日本大学大学院国文学専攻論集』七、二〇一〇・一〇）

熊谷直春「『土左日記』の女性仮託は誤りか―小松英雄氏の『古典再入門「土左日記」を入り口にして』批判」（『文芸と批評』一〇〇、二〇一〇・一一）

亀岡佑奈「『土佐日記』から『土左日記』へ―国語教材からの『土左日記』入門」（『高知女子大学文化論叢』一二、二〇一〇）

＊久保田孝夫「シンポジウム　平安文学と地理『土佐日記』の「山崎」」（『中古文学』八七、二〇一一・五）

＊東原伸明「漢詩文発想の和文『土左日記』―初期散文文学における言説生成の方法」（『日本文学』六〇―五、二〇一一・五）

田中恵里子「和歌配列構造からわかる『土佐日記』の成立時期」（『筑紫語文』二〇、二〇一一・一〇）

西山秀人「『土佐日記』の和歌表現―万葉集との関連をめぐって」

（『上田女子短期大学紀要』三四、二〇一一）
＊東原伸明「権威の脱構築化と「諧謔」の生成＝パロディとしての『土左日記』―プレテクスト『古今和歌集』・『伊勢物語』の引用連関」（『高知女子大学紀要』六〇、二〇一一・三）
清遠華菜「『土左日記』と虚構の生成力―文学作品が創り出す新たな史実」（『高知女子大学文化論叢』一三、二〇一一）
妹尾昌典「『土佐日記』解釈の諸問題」（『成城国文学』二七、二〇一一・三）
栗原篤史「散文への和歌引用の発生『伊勢物語』と『土佐日記』」（『学芸古典文学』六、二〇一二・三）
村谷佳奈「「海賊」の典拠と主題「漁父辞」と『土佐日記』」（『金沢大学国語国文』三七、二〇一二・三）
北山円正「『土左日記』の「手取り交はして」神仙譚の受容について」（『神戸女子大学国文学会』二三、二〇一二・三）
東原伸明「「童」の性は男か女か？初期散文叙述の特性検証と近世歌学者説批判：『土佐日記』から『源氏物語』叙述への補助線」（『高知県立大学紀要　文化学部編』六一、二〇一二・三）
久保木秀夫「堀部正二と『土左日記』為相本」（『リポート笠間』五三、二〇一二・一一）
高田信敬「賀茂祭の風流―『土左日記』享受史一片」（『鶴見日本文学会報』七一、二〇一二・一〇）
中川博夫「『土佐日記』の和歌の踪跡」（谷知子　田渕句美子　編著『平安文学をいかに読み直すか』笠間書院、二〇一二）
鹿島徹「日記：歴史の記憶（一）過去の痕跡との出会い：ベンヤミンと『土左日記』」（『アナホリッシュ國文學』一、二〇一二・一二）
今井俊哉「旅の歌の系譜としての『土佐日記』の和歌」（河添房江編『古代文学の時空』翰林書房、二〇一三）
熊谷直春「『土佐日記』の真実」（『古代研究』四六、二〇一三・二）
鹿島徹「日記―歴史の記憶（二）「日記」を書く者―ヴィトゲンシュタインと紀貫之」（『アナホリッシュ国文学』二、二〇一三・三）
東原伸明「『土佐日記』の言説分析：「和歌」と「地の文」の曖昧な関係性を焦点に」（『高知県立大学紀要　文化学部編』六二、二〇一三・三）
橋本智史「『土佐日記』「ふなうた」注釈」（『京都大学國文學論叢』二九、二〇一三・三）
鹿島徹「日記：歴史の記憶（三）楫取と船君：逆なでに読む『土左日記』」（『アナホリッシュ國文學』三、二〇一三・六）
鹿島徹「日記：歴史の記憶（四）仮名文とナショナリズムと：『土左日記』における〈虚実〉問」（『アナホリッシュ國文學』四、二〇一三・九）
長谷川政春「土佐日記その表現が開いたもの」（『武蔵野文学』六一、二〇一三・一二）
近藤さやか「表記の反転『土左日記』」（『武蔵野文学』六一、二〇一三・一二）
中丸貴史「『土左日記』の「あをうなはら」」（『武蔵野文学』六

一、二〇一三・一二）
鹿島徹「哲学的歴史理論から見た『土左日記』」（『武蔵野文学』六一、二〇一三・一二）
東原伸明「『土左日記』の表記と言説―「船君なる人」の一人称叙述（独白）をいかに表記すべきか―」（『武蔵野文学』六一、二〇一三・一二）
小松英雄「藤原のときざね、船路なれど馬のはなむけす―書き手の心境を読み取るキーワード―」（『武蔵野文学』六一、二〇一三・一二）
大島冴夏・武井和人「伝藤原為相筆『土左日記』攷・続貂」（『汲古』六四、二〇一三・一二）
荒井洋樹「『土佐日記』の再吟味―貫之歌と松」（『平安朝文学研究』二二、二〇一四・三）
中村佳文「波頭　『土佐日記』と道真の題詠詩―南海の地に赴任する心が語ること」（『平安朝文学研究』二二、二〇一四・三）
東原伸明「散文の「学」を拓く、『土左日記』研究（特集　ひらく古代文学研究）」（『日本文学』六三―五、二〇一四・五）
室伏信助「『土佐日記』と貫之」（『王朝日記物語論叢』笠間書院、二〇一四・一〇）
徳原茂実「土左日記「船のをさしける翁」について：前国守（船君）像の確定へ」（『武庫川国文』七八、二〇一四・一一）
東原伸明「「日常」のことばから「和歌」のことばへ：和歌生成論、もしくは『土左日記』の思想と言説（井本正人教授退職記念号）」（『高知県立大学文化論叢』三、二〇一五）
原由来恵「『土左日記』一月七日」（『二松学舎大学論集』五八、二〇一五）
徳原茂実「土左日記を読みなおす」（『日本語日本文学論叢／武庫川女子大学大学院文学研究科日本語日本文学専攻』一〇、二〇一五・三）
陶萍「『土佐日記』における漢字表記語の考察：中国語音との比較を通して」（『平安文学研究　衣笠編』六、二〇一五・三）
武久康高「『土佐日記』小論」（『国語教育学研究の創成と展開』編集委員会 編『国語教育学研究の創成と展開』溪水社、二〇一五・三）
中島輝賢「『土左日記』における古歌・故事の引用」（『平安朝文学研究』二三、二〇一五・三）
荒木浩「かへりきにける阿倍仲麻呂―『土左日記』異文と『新唐書』」（倉本一宏編『日記・古記録の世界』思文閣出版、二〇一五）
荒木浩「特集・中世文学における分類と配列　編纂動機と逸話配列―紀貫之の亡児哀傷をめぐって」（『日本文学』六四―七、二〇一五・七）
徳原茂実「土左日記略注（一）」（『武庫川国文』七九、二〇一五・一一）
原由来恵「『土左日記』一月九日」（『二松学舎大学論集』五九、二〇一六）
渡瀬茂「土左日記の時間と栄花物語」（『栄花物語新攷：思想・時

間・機構（研究叢書：四七二）』和泉書院、二〇一六）

半沢幹一「土左日記の指示表現をめぐる諸問題」（『共立女子大学文芸学部紀要』六二、二〇一六・一）

徳原茂実「土左日記の冒頭文について：小松英雄説批判」（『日本語日本文学論叢／武庫川女子大学大学院文学研究科日本語日本文学専攻』一一、二〇一六・二）

徳原茂実「土左日記略注（二）」（『武庫川国文』八〇、二〇一六・三）

北島紬「土佐日記の歌論：人物描写という方法」（『国文学』一〇〇、二〇一六・三）

水谷隆「土佐日記の女性仮託という方法が意味するもの：その文学史的位置づけの再考に向けて」（『文学史研究』五六、二〇一六・三）

鈴木宏子「『土佐日記』の海」（鈴木健一編『海の文学史』三弥井書店、二〇一六・七）

徳原茂実「土左日記略注（三）」（『武庫川国文』八一、二〇一六・一〇）

坂本清恵「『土左日記』はどう写されたか：古典書写と仮名遣い」（『論集／アクセント史資料研究会』一三、二〇一七）

尾山慎「『土左日記』の「書記論」および「表記論」と、これから」（『奈良女子大学文学部研究教育年報』一四、二〇一七）

片桐洋一「『土左日記』定家筆本と為家筆本」（『和泉選書　私の古典文学研究：始めと終り』和泉書院、二〇一七）

半沢幹一「土左日記の引用表現をめぐる諸問題」（『共立女子大学文芸学部紀要』六三、二〇一七・一）

徳原茂実「土左日記略注（四）」（『武庫川国文』八二、二〇一七・二）

松原ひとみ「指示語「かの」の対比用法：伊勢物語と土佐日記の類似性（下西善三郎教授 退職記念）」（『上越教育大学国語研究』三一、二〇一七・二）

浜畑圭吾・下西忠・北山円正・鈴木徳男「後期中等教育における国語教材の研究（三）『土佐日記』「帰京」の語法と表現」（『高野山大学論叢』五二、二〇一七・二）

徳原茂実「土左日記に見る淀川水運」（『日本語日本文学論叢／武庫川女子大学大学院文学研究科日本語日本文学専攻』一二、二〇一七・三）

伊藤龍平「「語り手論」夜明け前：野村純一『全釈 土佐日記』を読む」（『昔話伝説研究』三六、二〇一七・三）

山本悟史「アクティブラーニング実践例『土佐日記』における「読むこと」の指導：貫之はなぜ書き、なぜ詠むのか」（『数研国語通信つれづれ』三一、二〇一七・四）

徳原茂実「土左日記略注（五）」（『武庫川国文』八三、二〇一七・一〇）

ゼバスティアン・バルメス「『土左日記』の語り手と視点」（『古代中世文学論考』三五、新典社、二〇一七・一〇）

アントナン フェレ「「男もすなる日記」再考：『土佐日記』と「競狩記」「宮滝御幸記」の関係をめぐって」（『むらさき』五四、

二〇一七・一二）
田中智子「国語教科書のなかの土佐日記：「門出」の授業案を中心に（人文・社会科学編 第四九号）」（『四国大学紀要』四九、二〇一七）
東原伸明「「和歌」から「散文叙述」へ＝「地の文」に融合する引歌：「土左日記」から『蜻蛉日記』・『源氏物語』への補助線（芋生裕信教授退職記念号）」（『高知県立大学文化論叢』六、二〇一八）
北山円正「『土左日記』の正月行事」（『研究叢書平安朝の歳時と文学』和泉書院、二〇一八）
福田行雄「古筆と御茶とけふほくは（七二）貫之自筆「土佐日記」模写と書写」（『孤峰　江戸千家の茶道』四〇-一、二〇一八・一）
徳原茂実「土左日記の「和泉の灘」「小津の泊」をめぐって」（『日本語日本文学論叢／武庫川女子大学大学院文学研究科日本語日本文学専攻』一三、二〇一八・二）
徳原茂実「土左日記略注（六）」（『武庫川国文』八四、二〇一八・三）
渡瀬茂「平安朝の言語革命と土左日記：栄花物語成立前史小考」（『翰苑／姫路大学人文学・人権教育研究所』九、二〇一八・三）
東原伸明「「和歌」から「散文叙述」へ＝「地の文」に融合する引歌―『土佐日記』から『蜻蛉日記』・『源氏物語』への補助線―」（『高知県立大学文化論叢』六、二〇一八・三）
大場健太「『土左日記』亡児追慕記事における象徴性：『古今集』巻第十六哀傷歌との関わりから」（『国語国文研究／北海道大学国語国文学会』一五一、二〇一八・六）
北山円正「『土左日記』の帰京：漢詩文受容をめぐって」（『国語と国文学／東京大学国語国文学会』九五-八、二〇一八・八）
Antonin Ferre「「女性仮託」の再検討：『土佐日記』におけるパロディーの精神に注目して」（『東京大学国文学論集』一四、二〇一九・三）
阿久津智「古文読解における係り結び：『土佐日記』における「ぞ」「なむ」を中心に」（『拓殖大学語学研究（立松昇一教授 村上祥子教授 退職記念号）』一四〇、二〇一九・三）
大場健太「『土左日記』における畿外から畿内への越境：一月三十日条と二月一日条の比較から」（『国語国文研究／北海道大学国語国文学会』一五三、二〇一九・八）
曽根誠一「『土左日記』漢詩記事の叙述方法：「女性仮託」を論ずるための序章として（池田和臣教授 関礼子教授 古稀記念号）」（『中央大學国文』六三、二〇二〇・三）
田口尚幸「イニシへ断絶／ムカシ連続説でわかること（続）上代から中古の『土佐日記』『古今集』『後撰集』『伊勢物語』『竹取物語』への継承」（『国語国文学報』七八、二〇二〇・三）
鈴木宏子「『土佐日記』を読み直す」（『千葉大学教育学部研究紀要』六八、二〇二〇・三）

Commentary
The *Tosa Diary*, Fragmented Narrating Subject, Prose Methodology, and Discourse Analysis

(I) A "certain person" and a "captain": the meaning of third person appellations—the methodology of fragmented and contradictory Tsurayukis

After serving his term as provincial governor, Ki no Tsurayuki (871? - 946?) departed from Tosa, his province of appointment on Jōhei 4 (935).12.21, returning to his home in Kyoto on 2.26 of the following year. The *Tosa Diary* (*Tosa nikki*), which is based on that journey home, is thought to have been written shortly after his return to the capital. While constantly troubled by inclement winter weather, sometimes lamenting the child lost while in Tosa, sometimes frightened by rumors of pirates, the narrative records the journey in fifty-five daily entries in the manner of a kanbun (Sino-Japanese) diary without missing a day. Some research has argued that the narrative is based on notes taken on a *guchūreki* (a calendar with auspicious days marked, and with space provided for daily entries). Written in the kana phonetic script, it became the forerunner of the genre of female diary literature.

An introduction to the *Tosa Diary* might begin something like this. However, the reader will be left with a very different impression when examining the related passages of the diary itself after reading this sort of overview.

If we read the beginning of the *Tosa Diary*,

> After serving four or five years in the province, a certain person, after his usual affairs were completed... (p. 22)

we find no mention that "Tosa" is their place of departure, and no matter how many pages we search, there is no appearance of someone named "Ki no Tsurayuki." The person corresponding to Ki no

Tsurayuki, the former Provincial Governor, is referred to by the third person anonymous appellation, "a certain person," and does not appear by the actual name Ki no Tsurayuki.

Moreover, the appellation "a certain person" as seen in the *Tosa Diary* not only obfuscates any identification with Tsurayuki as the leading figure in poetic circles, but it is also applied to people with personalities completely opposite to Tsurayuki, even people who are atrociously bad at poetry. There is therefore no distinction between "a certain person" referring to Tsurayuki and "a certain person" referring to others. Therefore, it may be said that the function of the appellation "a certain person" is to resist tying it to the image of a particular unified individual. It can be said that the stance of disguising the the author's identity has been thoroughly methodologized. Certainly, the actual author of the *Tosa Diary* is the male poet Ki no Tsurayuki, but the text declares the gender of the author to be a woman:

> I, a woman, will also write one of those "diaries" that men are said to write. (p. 22)

This is the so-called adoption of the feminine persona (*josei kataku*). Ki no Tsurayuki has the author/narrator of the text speak from the point of view of a woman and refer to the former governor's actions in third person as "a certain person." Nowhere in the text does Ki no Tsurayuki refer to himself in the first person as "I." Even though the text is written in daily entries like a kanbun diary, the year is referred to as "that year":

> During the eleventh hour [7:00–9:00 P.M.] of the twenty first day of the twelfth month of that year, we set out. I will write down a little about that trip. (p. 22)

Of course, it can be inferred that the year was Jōhei 4 (935), but the diary never refers to a historical or actual Jōhei 4, but obfuscates it

by calling it "that year." The *Tosa Diary* avoids the actual name "Ki no Tsurayuki" and the actual year Jōhei 4.

Incidentally, the former governor associated with Ki no Tsurayuki, in addition to "a certain person," is also called "old man" (*okina*), "old man leading the ship" (*funa no osa shikeru okina*), or "captain" (*funagimi*), all third person titles that thereby strengthen the stance of obfuscating the author.

In Engi 5 (905), Ki no Tsurayuki completed the compilation of the *Kokin wakashū* (Anthology of Japanese Poetry Old and New) as the head compiler. Twenty five years after that, in Enchō 8 (930), he was appointed governor of the province of Tosa. At that time, Tsurayuki was undeniably the leading poet of his day. If not, the episode of the man who came bringing lunch boxes on the seventh day of the first month would not be possible. The courtesy of the local poet was no doubt aimed at having his poem receive the stamp of approval of the former governor, the leading poet of the capital.

> Today, a man came with servants bearing lunch boxes, whose name I struggle to remember. Intending to compose a poem, he rambled on about this and that, and then said despondently, "The waves have risen up," reciting this poem:
>
> Exceeding the sound
> Of the white waves rising up
> And blocking your way,
> Will be the sound of the cries
> Of me who was left behind.
>
> He must have quite a loud voice. How could the poem be compared to what he had brought? Though everyone extolled the poem, no one offered a reply. There was <u>someone in the group who certainly could have</u>, but merely praised it, ate the man's gifts, and passed away the night. (p. 29)

"Someone...who certainly could have" (*shitsubeki hito*) is of course the former governor, who is associated with Ki no Tsurayuki. If he were not a poetic authority, this episode would be meaningless.

However, the *Tosa Diary* characterizes the former governor as untalented and inept at poetry, the exact opposite as in the above episode.

> 7th day. Today, we rowed into the mouth of the river, and had much trouble as the water was shallow. It was quite difficult to row upstream. Meanwhile, the seasick captain, who was an unrefined person from the start, knew nothing of such matters as poetry. Still, he praised the poem of the old woman of Awaji and must have been in better spirits as we approached the capital, since he managed to finish off an awkward poem. The poem:
>
> Coming all this way,
> We found the water up stream
> To be too shallow—
> So both the boat and my health
> have stagnated all the day.
>
> He composed this poem because he was sick. Since one poem was not sufficient to express his feelings, he composed another.
>
> Wanting to make haste,
> The boat is rushed along—
> For shallow indeed
> The water's feelings are
> As they flow for my sake.
>
> This poem was composed because he was unable to suppress

his feelings of joy for approaching the capital.

> "These poems are inferior to those of the woman of Awaji. How irritating! I should not have composed them," he said. It became dark and he went to sleep, full of regret. (p. 54-55)

"The seasick captain" refers to the former governor Ki no Tsurayuki. The diary tells, or fabricates, that he was fundamentally inept and knew nothing of composing poetry. It says that he struggled to complete an awkward poem, and then felt jealous because of the poem of a mysterious unknown novice poet called the "woman of Awaji." This representation of an unconventional carnival-like scene is antithetical to the image of Ki no Tsurayuki as the poetic authority of the capital.

Thus, the *Tosa Diary* features appearances of characters associated with Ki no Tsurayuki, both skilled and unskilled at poetry. As completely opposite personalities, they are contradictory and fragmented. This is the prose methodology created by the author through the text of the *Tosa Diary*.

Normally, I would now like to argue the prose methodology of using the above-stated appellations such as "a certain person" and "captain" in comparison with Tsurayuki's learning as a folding screen (*byōbu*) poet while tracing his background, but I am unable to do so here due to space limitations. I urge the reader to consult Kanda Tatsumi's "'Ki no Tsurayuki'—hajime ni byōbuka ari" in *Ki no Tsurayuki* (Mineruva Nihon hyōdensen, 2000).

(II) The establishment of a fictional author/narrator, abbreviated authorial intrusion, and reader-consciousness

> I, a woman, will also write one of those "diaries" that men are said to write. (p. 22)

In addition to the actual author Ki no Tsurayuki, the *Tosa*

*Diary*, within the fictional world of a "diary," positions a female author accompanying "the former governor" as a member of his entourage. It adopts the method of having her narrate the movements of the protagonist using third person appellations such as "a certain person" or "captain." In contrast to succeeding works such as *Kagerō nikki, Murasaki Shikibu nikki, and Sarashina nikki*—so-called Heian women's diary literature—which are first person narratives with the narrator/author herself taking the place of protagonist, the *Tosa Diary*, though considered the forerunner of the genre of "diary literature," places a woman as the narrating subject, thereby refraining from making her the protagonist and going only so far as to narrate the male protagonist from the third person point of view. This difference should not be overlooked.

Indeed, insomuch as it lacks thoroughness in having the fictitious author/narrator show a knowledge of Chinese poetry and Chinese-derived words in spite of being a woman, this methodology cannot avoid the criticism of failure. However, I argue that it happens to succeed in producing a relativizing diary literature discourse through the characteristics of a masculine daily-entry diary. This can be seen as the predecessor and genesis of what in *The Tale of Genji* is called "abbreviated authorial intrusion" (*shōryaku no sōshiji*).

> 26th day. Today we again had a banquet at the residence of the governor, and enjoyed the festivities with gifts even for the attendants. They recited Chinese poems aloud. Host, guest, and others took turns composing Japanese poetry. I am not able to write down the Chinese poems here. (p. 23)

Also,

> A Japanese poem was composed by the governor as host.
>
> Even though I left

The capital and came here
Hoping to see you,
My coming was in vain—
Alas, we now must part.

And then the returning former governor composed:

Having come so far
To cross paths on the seaways
With waves of pure white,
If I should compare myself,
You too will become like me.

There were poems by others, but there must have been none worthy of mention. (p. 23-24)

Also,

The sailors and helmsman sang sailing songs, thinking nothing of the storm. They sang,

In the spring fields, I cry out,
I cut, cut my hands on the young pampas grass.
The greens I have gathered,
My parents devour them—
My mother-in-law consumes them—
—Go on back!

Bring me that lass from last night!
I'll get my money back!
She lied to me.
Pulled one over on me.
She won't bring me my money!
She won't show me her face!

> There were many more than these but I will not write them here. (p. 32-33)

"Since I am a woman, I will not (I cannot) write it down." "There were poems by other people, but none were any good, so I will not write them down." "There was more, but it is complicated, so I will not write it down." Several such reasons are given to not write things down—to abbreviate them. This would not be thinkable in men's diaries. The diary of a lower ranking civil servant in particular is meaningful only in that it records in complete detail. In contrast, women's "diary literature" for reading and entertainment is conscious of the reader, and does not write down things that are boring to read. This is the reason that the logic of abbreviation emerged.

(III) Records of author and title; genre-consciousness of the work

That the author of the *Tosa Diary* is Ki no Tsurayuki is actually not self-evident. This is not to say that there is no objective outside evidence of Ki no Tsurayuki's authorship.

The introduction to poem 192 of the Maeda-ke manuscript of the *Egyō bōshi shū* (*Kokka taikan*, vol. 3) contains the following description.

> Composed on a picture of Tsurayuki's *Tosa Diary* depicting the feelings of seeing his house in disarray after returning to the capital after five years,
>
> Having compared them,
> Even the seaways were not
> Nearly as rough as
> The field of mugwort that
> This house of mine has become.

This is the oldest evidence supporting Ki no Tsurayuki's authorship. The priest Egyō's dates of birth and death are unknown, but he was a poet active in the latter half of the tenth century. Also, the introduction to the *Egyō bōshi shū* indicates that there was contact between the priest Egyō and Tsurayuki's son Tokibumi. In the travel poem section of the *Gosenshū*, for which Tokibumi was a compiler, two poems written by "a certain person" in the *Tosa Diary* are included as Tsurayuki's poems. Such evidence can be seen corroborating evidence of Tsurayuki's authorship.

Incidentally, the title *Tosa nikki* is usually written 土佐日記, but this book takes the position of writing the title as 土左日記. The reason for using the graph for *sa* as 左 without the *ninben* radical 亻 is that all extant manuscripts are titled 土左日記, not 土佐日記.

The manuscript written by Fujiwara no Teika (*Fujiwara no Teika jihitsu-bon*) contains the following colophon.

| | |
|---|---|
| 有外題 | 土左日記貫之筆 |
| There is an unofficial title | *Tosa nikki* written by Tsurayuki |

Whether or not Ki no Tsurayuki wrote this "unofficial title" is unknown. And actually, whether the title written with the graphs 土左 reflected Tsurayuki's intent or not is also uncertain. Writing the province name 土左 was common in texts from the previous era such as in the *Kojiki*, but by the Heian period when Ki no Tsurayuki was appointed governor of Tosa, it was more common to write 土佐, while writing 土左 was quite exceptional.

This text adopts the interpretation that the author Ki no Tsurayuki was intentionally creating a certain distance from historical geography and historical reality by writing Tosa 土左 as opposed to Tosa 土佐, the actual historical geographical place name. If this is so, then this is one method by which the *Tosa Diary* 土左日記 creates a fictionality.

It is common characteristic of works of the genre of prose literature such as the *Tosa Diary* that the author is uncertain; this in-

dicates the lack of consciousness and perception towards the "copyright" or ownership of a work.

In the more highly regarded literary genre of poetry, such as waka, a poem is listed as "author unknown" (*yomibito shirazu*) even when it is unclear who wrote it, thereby stressing the copyright of each poem.

Waka, for which imperial anthologies were compiled beginning with the *Kokin wakashū*, was considered public literature, or *hare no bungaku*. In contrast, prose literary genres such as diary literature (*nikki bungaku*) or narrative literature (*monogatari bungaku*), were perceived as private literature, or *ke no bungaku*, for the amusement of women and children. Thus to be the author of a work of prose literature was not an honorable endeavor, and was even disreputable. Despite declaring ostentatiously to write a diary from the point of view of a woman,

> I, a woman, will also write one of those "diaries" that men are said to write. (p. 22)

the diary is concluded with self-ridicule,

> Though there are many things difficult to forget and which I regret, I have not been able to write them all down. Whatever the case, I should quickly tear it all up. (p. 61)

This is because the diary belongs not to the genres of *kanshi* or *waka*, but of the prose genre of a *nikki*. Even if it were not necessary to hide authorship of the *Tosa Diary*, it was not something to be bragged about ostentatiously.

However, with the *Tosa Diary*, unlike other texts such as *The Tale of Genji*, if in the act of reading the reader does not perceive Ki no Tsurayuki to be the actual author, the fictionality, and in particular the irony, of the text will not be fully revealed.

(IV) Manuscripts—reconstructing and reading an original text

The text thought to have been originally written by Ki no Tsurayuki himself (*Ki no Tsurayuki jihitsu-bon*) was kept in the treasure house of the Rengeōin (Sanjūsangendō) until the Kamakura period. After that, it passed through the hands of the poet Nijō Gyōkō and later passed into the possession of shogun Ashikaga Yoshimasa. It continued to be a possession of the Ashikaga house at least through Meiō 1 (1492), but thereafter its whereabouts became regretfully unknown.

However, during that time span, the *Ki no Tsurayuki jihitsu-bon* was transcribed at least four times as far as the records indicate, leaving four manuscript lineages.

(1) *Teika-bon* (Maeda ikutokukai sonkeikaku bunko). Discovered in the Rengeōin treasury in Bunryaku 2 (1235) and transcribed by Fujiwara no Teika.
(2) *Tameie-bon* (Held by the Osaka Aoyama rekishi bungaku hakubutsukan; undisclosed). Transcribed by Fujiwara no Teika's son Tameie in Katei 2 (1236). The *Seikeishooku-bon* (Held by Tōkai daigaku fuzoku toshokan tōen bunko) was faithfully transcribed from this.
(3) *Munetsuna-bon* (lost). Transcribed by Masaki Munetsuna in Entoku 2 (1490). Transcribed three times: *Nihon daigaku toshokan-bon, Konoe-ke-bon* (Yōmei bunko), *Hachijōnomiya-bon* (lost). The *Kunaichō zushoryōbu-bon* is a transcription drawing from the lineage of the lost *Hachijōmiya-bon.*
(4) *Sanetaka-hitsu-bon* (lost). Transcribed by Sanjōnishi Sanetaka in Meiō 1 (1492). The *Sanjōnishi-ke-bon* is a transcription of this.
In addition, the Ōshima-ke-bon manuscript was transcribed from another lost text of this lineage.

The only extant texts with a first generation relationship to the

original are (1) the *Teika-bon* and (2) the *Tameie-bon*. The *Teika-bon* cannot be viewed as having an attitude of faithful transcription (arbitrary revisions are suspected as this is the beginning of so-called *rekishiteki kanazukai*, historical spelling, or *Teika kanazukai*); the *Tameie-bon* is not open to public viewing, so cannot be applied to research. Therefore, texts which, though being second and third generation copies, namely the *Seikeishooku-bon* of lineage (2), the three extant manuscripts of the *Munetsuna-bon* lineage (3), and the two extant manuscripts of the *Sanetaka-hitsu-bon* lineage (4), are invaluable supplementary materials for the reconstruction of the original text.

The categorization of these four lineages is a result of the textual criticism of Ikeda Kikan (*Koten no hihanteki shochi ni kan suru kenkyū*, first published 1941, Iwanami shoten). With the existence of the manuscript copied by Tameie still unknown, Ikeda conjectured that the *Tameie-bon* lineage provided the closest representation of the original text, and used the faithfully reproduced second-generation *Seikeishooku-bon* as the base text by which to compare the other texts in the reconstruction of Tsurayuki's original.

After Ikeda Kikan's death, the *Tameie-bon* was discovered in Showa 59 (1984). Ikeda's conjecture was almost completely corroborated by the research report of Ikeda's top student, Hagitani Boku, which further argued that there was an extremely small number of errors when the *Seikeishooku-bon* was transcribed—a mere four places ("Seikeishooku-bon *Tosa nikki* no kiwamete sukunai dokuji gobyō ni tsuite," *Chūko bungaku*, vol. 41, May 1988).

In fact, one of the places that Hagitani regarded as an rror was the word *kiruko* きるこ in the first of the sailors' songs on the ninth day of the first month. I propose that the こ is the repetition marker ゝ, as the two look quite similar. If this is the case, then what was formally seen as *kiruko* きるこ should actually be *kirugiru* きるゝ (cut, cut), and it is not necessary to view this as an error unique to the *Seikeishooku-bon*.

(V) A new direction in research—A proposal of discourse analysis

Research of the *Tosa Diary* can be said to have begun in Bunreki 2 with the bibliographic information recorded in the colophon by Fujiwara no Teika when he discovered and copied the text written by Tsurayuki. However, it would not be until the Edo period when poetry scholars would properly develop commentaries that systematically incorporated bibliographical, evidential research.

Examples include *Tosa nikki kōchū* by Ikeda Masanori in Keian 1 (1648), *Tosa nikki kenbun shō* by Kato Bansai in Meireki 1 (1655), *Tosa nikki shō* by Kitamura Kigin in Kanbun 1 (1661), *Tosa nikki kōshō* by Kishimoto Yuzuru in Bunka 12 (1815), *Tosa nikki tomoshibi* by Fujitani Mitsue in Bunka 14 (1817), *Tosa nikki sōken* by Kagawa Kageki in Bunsei 6 (1823), *Tosa nikki kai* by Tanaka Ōhide in Bunsei 12 (1829), *Tosa nikki fune no hitamichi* by Tachibana Moribe in Tenpō 13 (1842), and *Tosa nikki chiriben* by Kamochi Masazumi in Ansei 4 (1867).

Incidentally, between the time the *Tosa Diary* was written and the development of commentaries by Edo period scholars, "Ki no Tsurayuki" would be apotheosized from "lower class bureaucrat" to the position of "poet-saint" as a god of Japanese poetry. As a result, the text he created transcended Ki no Tsurayuki's own intention as it came to be received from a position of extreme bias. Commentaries by Edo period poetry scholars are characterized by viewing the text of the *Tosa Diary* as a consisting of a single, unified framework.

As noted above, since the third person appellation of "a certain person" both points to a character associated with Ki no Tsurayuki but at the same time someone with exactly the opposite personality, the appellation cannot identify a particular character. It is fragmented. Thus, the *Tosa Diary* subverts and negates the symbolic unity of its characters. (However, unity is maintained in the continuous episode of the Awaji woman and the captain.)

For example, "infants" (*warawa*) appear whose poetry talents put the adults to shame. A typical example is the infant in the entry

for the seventh day of the first month. Traditionally, this child has been interpreted as an alter ego of Ki no Tsurayuki. Considering this child to be a miniature Ki no Tsurayuki, that is, based on the presupposition of unity, Kishimoto Yuzuru's *Tosa nikki kōshō* argues, "Although this is Ki no Tsurayuki's own child, the obfuscating (*obomekashite*) phrase 'a certain person's child' (あるひとのこの) can actually also be 'someone's child' (或人の子). However, this poem is also shown in other books to have been written by Tsurayuki's child, so the child should certainly be viewed as Tsurayuki's as well."

Furthermore, regarding the poem,

> Both the sleeves of those
> Who are going and staying
> Are rivers of tears—
> Their edges alone are wet
> And exceeding their margins.

Kagawa Kageki's *Tosa nikki sōken* states, "This poem responds to the poem offered [by the man with the lunch boxes] with the phrase 'sleeves are rivers of tears' (*sode no namidagawa*), and is certainly not the poem of an infant. Also, the phrase 'edges (banks) exceeding their margins' (i.e., overflowing their banks, *magiwa no masaru*) is Tsurayuki's, and does not seem to be used elsewhere. Later, [Taira no] Kanemori's composition of 'the mountain stream exceeding its banks due to the spring wind' (*yamagawa no magire masareru karukaze ni*) [*Shokugoshūi wakashū*, Spring 1] was learned from Tsurayuki. In addition, the poems "to the god of the waterways, the god of the sea" (*Watatsumi no chiburi no kami ni*) and "having prayed for calm, the winds have died down" (*Inorikuru kazama to mou wo*) are each said to have been composed by an infant, but they are mature in poetic composition and are Tsurayuki's."

The commentaries of the poetry scholars completely deny the independence and autonomy of the children, and based on the evi-

dence that a quoted poem was written by Ki no Tsurayuki, they assume that the "infant" should be interpreted as Ki no Tsurayuki.

They even regard "a certain girl" (*arikeru omuna warawa*) of the eleventh day of the first month and the "child" (*warawa*) of the seventh day of the first month to be the same character, and quite surprisingly this forced logic has been passed down as a fact even to modern-day commentaries (c.f., n. 1, *Aru hito no ko no warawa naru*, p. 67).

As for the "child" as alter ego, I would argue that while it does have a unity with Ki no Tsurayuki, it is actually fragmented, and that a reading emphasizing disunity should be emphasized. An alter ego is in fact a fragmentation, and a method for producing a new character in the narrative.

There should be a dispassionate recognition that the narrative textual subject of the *Tosa Diary* is fragmented—or rather, an analysis which actively appraises that fragmentation. I suggest discourse analysis as a method to do so.

Discourse analysis is producing a reading of the text which categorizes the language of the classical text according to its function. Medieval commentaries of *The Tale of Genji* by linked verse (*renga*) poets can be seen as the antecedents or forerunners of discourse analysis. Medieval *Genji* studies were annotations that added glosses such as "Genji's words," or "Genji's thoughts" to the text originally lacking punctuation or voiced syllable markers, dividing and categorizing the text by *ji no bun* (narration), *kaiwabun* (dialogue), *naiwabun* (*shinnaigo, shinnaibun, shinchū shii*)(internal speech), *sōshiji* (authorial intrusion), *waka, tegamibun* (letters), and *utsurikotoba* (shifting discourse) (Nakajima Hirotari, *Ama no kugutsu*). To this perspective of discourse analysis of *The Tale of Genji* was then added the fruits of discourse research from the West such as free direct discourse and free indirect discourse. Mitani Kuniaki has produced pioneering work such as *Monogatari bungaku no gensetsu* (Yūseidō shuppan, 1992), *Genji monogatari no gensetsu* (Kanrin shobō, 2002), and *Genji monogatari no hōhō "mono no magire" no*

*kyokuhoku* (Kanrin shobō, 2007). I have also added some trivial work to the field of discourse, *Genji monogatari no katari, gensetsu, tekusuto* (Ōfū, 2004), and *Kodai sanbun inyō bungakushi ron* (Bensei shuppan, 2009).

As the narrating subject in the discourse of *The Tale of Genji* is fragmented, it is impossible to discern the intention of the author. When the narrator speaks to the listener or the reader, whose voice (point of view) is it? There are many passages where it is difficult to provide a definite interpretation. In contrast, to the extent that the discourse structure of the *Tosa Diary* is simpler, the fragmentation of the subject is looser, and it appears at first glance that Ki no Tsurayuki's intention can be understood unequivocally. This assumption has caused many problems in interpretation that remain even today. Thus, I expect that through the introduction of the perspective of discourse analysis as with *The Tale of Genji*, such as who is narrating or from what point of view, there will be further elucidation and increased understanding. (c.f., n. 3, *Kuni yori hajimete*, p. 76).

A discourse analysis of the *Tosa Diary* following the analytical method used with *The Tale of Genji* is not only possible, but also valid and valuable. The plan for this study was modeled after the accomplishments of discourse analysis, and I hope to see continued development of research based on discourse analysis of the *Tosa Diary* in the future.

# 土左日記旅程地図

● 日記に見える地名
○ 推定される地名

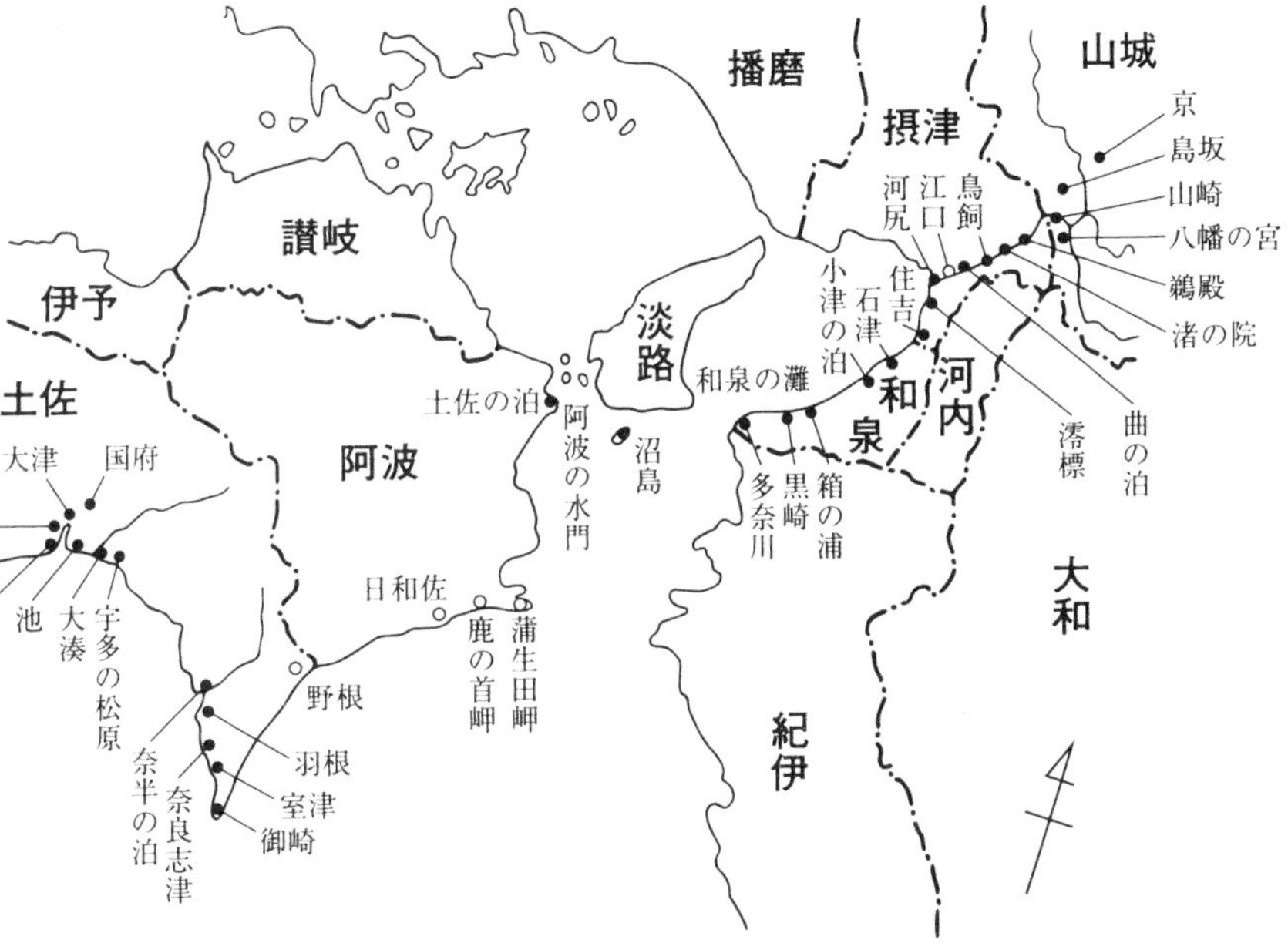

## 編　者　略　歴

東原　伸明　(Nobuaki Higashihara)
1959年、長野県生。國學院大學大学院博士課程後期単位取得満期退学。
「古代散文文学史における語り・言説・テクストの研究」により、名古屋大学の博士（文学）の学位を取得。
現職、高知県立大学文化学部教授、同大学院人間生活学研究科教授。
著書、『物語文学史の論理―語り・言説・引用』(新典社、2000年)、『源氏物語の語り・言説・テクスト』(おうふう、2004年)、『古代散文引用文学史論』(勉誠出版、2009年)。『土左日記虚構論―初期散文文学の生成と国風文化―』(武蔵野書院、2015年)
Professor, Faculty of Cultural Studies, University of Kochi; Graduate School of Human Life Science, University of Kochi

ローレン・ウォーラー　(Loren Waller)

1974年、米国オレゴン州ポートランド生。2004年、京都府立大学国文学中国文学修士課程修了。2006年、コロンビア大学大学院東アジア言語文化研究科修士課程修了。2010年、高知県立大学（元高知女子大学）文化学部に赴任。2015年、准教授で退職し、イェール大学大学院東アジア言語と文学研究科博士課程に入学。

現在、青山学院大学文学部日本文学科客員研究員。

論文、「文字とことばの間―萬葉集に見る表記の詩学―」(『ことばと文字』12、日本のローマ字社、2019年)。「書物として見る古典文学の新しい解釈の行方―萬葉語「隠沼」の歴史的変遷をめぐって―」(『次世代に伝えたい新しい古典―「令和」の言語文化の享受と継承に向けて』武蔵野書院、2020年)。

Ph.D. Candidate, Department of East Asian Languages and Literatures, Yale University

(参考文献)
近藤　さやか　(Sayaka Kondō)
1981年、愛知県生。学習院大学大学院博士後期課程修了。
「歌物語の研究」により、学習院大学の博士（日本語日本文学）の学位を取得。
現職、愛知淑徳大学初年次教育部門講師。
著書、『仮名文テクストとしての伊勢物語』(武蔵野書院、2018年)
Assistant Professor, Division of First-Year Education, Aichi Shukutoku University

# 新編　土左日記　増補版

2020年9月25日　増補版第1刷発行

編　　者：東原伸明

　　　　　ローレン・ウォーラー

発 行 者：前田智彦

発 行 所：武蔵野書院

〒101-0054

東京都千代田区神田錦町3-11 電話03-3291-4859　FAX 03-3291-4839

印刷製本：㈱TOP印刷





ISBN 978-4-8386-0656-6 Printed in Japan